말피 공작부인

말피 공작부인

존 웹스터 著

강석주 · 임성균 譯

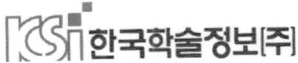
한국학술정보(주)

『말피 공작부인』(*Duchess of Malfi*)은 웹스터가 단독으로 쓴 주요 작품 3편 가운데 가장 뛰어난 작품으로 평가받는다. 『말피 공작부인』이 다른 두 작품 『하얀 악마』(*The White Devil*)와 『악마의 소송』(*Devil's Law Case*)보다 뛰어나다는 평가를 받는 이유는 짜임새 있는 작품의 구성과 주인공 공작부인의 고양된 비극성에서 기인한다. 흔히 웹스터의 비극은 관객들의 호기심과 흥미를 자극하는 선정주의(Sensationalism)와 도덕적 목적을 결여한 악에 대한 탐구라는 비난을 받아온 것이 사실이다. 물론 『말피 공작부인』도 이러한 요소들을 포함하고 있지만, 공작부인의 대사나 행동을 통해서 드러나는 극적 의미는 단순한 흥미유발을 위한 충격적 상황 설정을 넘어서 새로운 차원의 비극성을 경험하게 한다. 『하얀 악마』의 중심인물인 비토리아(Vittoria Corombona)는 공작부인과 마찬가지로 흔히 남성 중심의 사회에서 자신의 욕망을 자유롭게 표현한 여성 인물로 여겨지지만, 그녀는 자신의 욕망을 방해하는 대상을 제거하는 악행을 저질렀다는 비난에서 자유롭지 못하다. 반면 공작부인은 가족이나 사회의 억압과 구속을 거부하고 자신의 삶을 스스로 선택하는 자유를 선언하지만, 그녀의 모습은 고결하게 묘사되고 있다.

웹스터는 이 작품에서도 다른 두 작품과 마찬가지로 공작부인의 두 형제 퍼디난드(Ferdinand)와 추기경(Cardinal), 그리고 보솔라(Bosola)를 통해 악이 지배하는 세상을 그리고 있다고 볼 수 있다. 퍼디난드와 추기경은 자신들의 가문이나 사회적 지위가 오염되는 것에 대한 두려움을 근친상간의 욕망으로 전이시켜 누이를 살해하는 잔인함을 보여주며, 보솔라는 열등한 신분에 대한 불만으로 보상을 얻기 위해서라면 살인도 마다하지 않는 인물이다. 이들은 결국 공작부인의 죽음으로 인해 정신적 변화를 가져오게 되고 잔인한 행위의 결과로 인한 파멸을 겪기 때문에 작품이 궁극적으로 도덕 정신을 강조하는 것처럼 보인다. 하지만 『말피 공작부인』은 단순한 악의 파멸만이 아니라, 고귀하고 선한 인물들의 파멸도 동시에 보여줌으로써 도덕 정신을 전복시킨다. 사랑과 고상함, 선과 인내와 같은 덕목은 사회의 억압과 악을 극복할 힘이 없다. 하지만 중요한 것은 그 속에서도 공작부인의 용기와 고귀함이 우리의 기억 속에 살아남아 있다는 점이다. 사랑을 위해 모든 위험을 무릅쓴 그녀의 용기는 자신에게 닥치는 비극을 감당할 힘을 지니고 있다.

● ● 텍스트

『말피 공작부인』의 텍스트는 1623년에 출간된 첫 번째 사절판(the First Quarto)에 수록되어 있다. 이 텍스트 판본은 소수의 무대 지시문만을 삽입함으로써 극장 공연보다는 독자를 위해 많은 배려를 한 텍스트였다. 더구나 이 텍스트 판본은 깨끗한 필사본을 바탕으로 제작되었기 때문에 오류가 거의 없는 것이 장점이었다. 왕립 소속 극단(King's Men)과 오랫동안 연을 맺어온 랄프 크래인(Ralph Crane)이 대서인이었으며, 웹스터의 이웃이었던 니콜라스 오키스(Nicholas Okes)가 인쇄업자였기 때문에, 웹스터 본인도 인쇄기에서 직접 수정을 했을 것으로 여겨진다. 이 인쇄본은 영국의 희곡 텍스트 역사에서 특별한 의미를 갖고 있는데, 그것은 텍스트의 분량이 길다는 점 때문만이 아니라 텍스트의 서문에 등장인물과 함께 그 역을 연기한 배우들의 이름을 함께 기록한 최초의 영국 희곡이었기 때문이다.

● ● 날 짜

브랫브룩(M. C. Bradbrook)은 『말피 공작부인』이 1613년 블랙프라이어즈(Blackfriars) 극장에서 왕립 소속 극단에 의해서 최초로 공연되었다고 기록하였다. 『말피 공작부인』의 날짜와 관련하여 분명한 유일한 사실은 이 작품에서 안토니오 역을 맡았던 것으로 텍스트에 기록되어 있는 윌리엄 오슬러(William Ostler)가 사망한 날인 1614년 12월 16일 이전에 공연되었을 것이 틀림없다는 것이다. 웹스터는 1612년 초에 『하얀 악마』를 공연한 후 곧바로 두 번째 단독 작품 작업에 들어갔을 것으로 추정된다. 공연 당시 그다지 인기를 끌지 못했던 『하얀 악마』와는 달리, 『말피 공작부인』은 첫 공연부터 대 성공이었다고 한다.

『말피 공작부인』의 이야기는 역사적 사실에 바탕을 두고 있다. 역사적 인물인 아말피 공작부인은 나폴리의 악명 높은 왕 퍼디난드 (Ferdinand) 1세의 손녀딸인 지오반나(Giovanna)였다. 그녀는 1490년 12세의 나이에 교황 피어스(Pius) 2세의 조카 손자인 알폰소 피콜로미니(Alfonso Piccolomini)와 결혼했다. 알폰소는 1493년에 아버지 카를로의 뒤를 이어 아말피의 공작이 되었지만, 1498년에 임신한 아내를 남겨두고 1498년에 사망했다. 공작부인은 다음 해에 아들을 낳았으며, 영지를 관리하고 공작령을 다스리면서 가족의 재정 상태를 향상시켰다. 그리고 그녀는 1504년 곤궁해진 가문의 후손 안토니오 볼로냐(Antonio Bologna)를 만나 자신의 집사로 고용할 때까지 미망인의 상태로 남아 있었다.

두 사람은 곧 사랑에 빠졌고 시녀 한 명만이 지켜보는 가운데 비밀리에 결혼을 했는데, 그 이유는 공작부인이 오빠들의 분노를 두려워했기 때문이었다. 그 결혼은 몇 년 동안은 비밀이 유지되었지만, 두 번째 아이가 태어난 후에는 소문이 돌기 시작했다. 곤란한 상황을 피하고자 했던 안토니오는 임신한 아내를 집에 남겨두고 1510년 앙꼬나(Ancona)로 도망쳤다. 로레또(Loretto)로 순례를 떠난다는 구실을 삼아 공작부인은 그를 따라 앙꼬나로 향했으며, 그곳에서 가족들에게 자신의 비밀 결혼을 밝혔다. 아들이 태어난 후 거의 1년 동안 두 연인은 평화롭게 지냈지만, 그들은 다시 쫓기기 시작했다. 그녀의 오빠들이 그녀를 해치려는 것이 아닌 것은 분명했지만, 공작부인은 안토니오에게 첫째 아들과 함께 도망가도록 설득했으며, 자신은 어린 두 아이들과 함께 뒤에 남아 있었다.

그녀는 사로잡혀 자신의 성 중의 한 곳에 갇혔으며, 그 후로는 결코 모습을 볼 수 없었다.

그러는 동안 안토니오는 밀라노에 도착하여 그곳에서 아내의 운명에 대해 알지 못한 채 1년이 넘게 살았다. 그때까지 아직 공작부인의 오빠들과 화해를 할 희망을 갖고 있었던 안토니오는 자신의 부인과 다시 결합할 수 있으리라고 믿고 있었다. 하지만 공작부인의 오빠들은 암살자를 고용했으며, 1513년 10월 안토니오는 다니엘 다 보졸라(Daniel da Bozola)라는 이름을 가진 롬바르드족 선장이 이끄는 4명의 폭도 무리에 의해 칼에 찔려죽었다.

프랑스의 프랑소와 드 벨포레(Francois de Belleforest)는 이 특별한 사랑과 폭력 이야기를 약간의 수정을 거쳐 즉시 프랑스어로 번역하여 자신의 2번째 책 『비극적 역사』(Histoires Tragique)(1565)의 첫 번째 이야기로 실었다. 그리고 그 후에 윌리엄 페인터(William Painter)가 이 이야기를 번역하여 자신의 책 『쾌락의 궁전』(The Palace of Pleasure)(1567)에 23번째 이야기로 수록하였다. 흔히 그렇듯이, 벨포레는 이 원래 이야기에 독백들과 고전적인 선례들을 추가하고, 청교도적인 도덕적 어조로 지루하게 장황한 설교와 비방을 통해 안토니오를 향한 공작부인의 낭만적 사랑을 욕정의 예로 전락시켜 두 사람이 정당한 벌을 받았음을 강조했다. 그리고 이러한 사건이 종교적으로 미개한 이태리 같은 나라에서나 일어날 수 있는 일임을 은근히 암시하였다.

웹스터는 이 역사적인 이야기를 변형시켜 자신만의 독특한 작품으로 만들었다. 특히 그가 이 이야기를 공작부인에게 전적인 동정심

을 표현하는 작품으로 만들었다는 점은 매우 중요하다. 더구나 암살
자인 보솔라는 웹스터의 작품에서 중요한 인물로 등장하며, 모호하
고 복잡한 성격의 악당으로 공작부인을 살해하는 자신의 역할을 후
회하는 모습을 보인다. 그리고 공작부인의 재혼에 대한 오빠들의 경
고는 구애 장면과 불길한 대조를 이루며, 공작부인의 결혼 가능성은
둘째 아이가 아닌 첫째 아이가 태어난 후에 발견된다. 안토니오가
앙꼬나로 떠나는 이유도 웹스터가 고안해 낸 것이며, 추적자들이 도
착하기도 전에 안토니오와 공작부인이 헤어지게 만든 것은 안토니
오를 비겁한 인물로 비난받게 하는 배경이 되었다. 줄리아(Julia)가
등장하는 장면은 전적으로 웹스터의 창작이며, 카스트루키오는 추
기경 중 한 명이 아니라 줄리아의 남편 이름이 되었다. 마지막으로
공작부인과 카리올라의 죽음에 관련된 구체적 상황들은 웹스터의
섬뜩한 상상력이 그대로 발휘된 것이라고 할 수 있다.

따라서 웹스터 작품의 주요 출처는 페인터가 번역한 벨포레의 이야
기였다고 볼 수 있다. 그밖에 웹스터가 참고한 출처로는『사회적 논란
이 된 일곱이야기』(*The Heptameron of Ciuill Discourses*)(1582)에
서 조지 휫스톤(George Whetstone)이 번역한 공작부인의 이야기에 대
한 지랄디 신시오(Giraldi Cinthio)의 판본이 있는데, 여기에서는 광인들
의 등장을 참조한 것으로 보인다. 그리고 필립 시드니(Philip Sidney)의
『아카디아』(*Arcadia*)(1593)에서는 세크로피아(Cecropia) 여왕이 파
멜라(Pamela)와 필로클리아(Philoclea)를 감금시킨 것을 참조한 것으로
보이고, 에드워드 그라임스톤(Edward Grimeston)이 번역한 시몬 고울라
(Simon Goulart)의『우리 시대 위인사』(*Histoires admirables de nostre*

temps)에서는 퍼디난드의 정신병에 대한 묘사를 참조한 것으로 보인다. 그 외에도 조프리 펜튼(Geoffrey Fenton)이 영어로 변역한 프란시스코 구찌아디니(Francesco Guicciardini)의 『이태리의 역사』(*History of Italy*) 와 조지 채프먼(George Chapman)의 『7편의 참회 성가』(*Seven Penitential Psalms*)(1612), 그리고 존 던(John Donne)의 『두 번째 기념일, 한 영혼의 여정에 관하여』(*Second Anniversary, of the Progress of a Soul*)(1612)의 영향을 받았을 것으로 여겨진다.

● ● 작품 줄거리

젊은 나이에 과부가 된 말피 공작부인은 자신의 집사로 고용한 좋은 가문의 가난한 남자 안토니오 볼로냐와 사랑에 빠진다. 두 사람의 신분 차이 때문에, 공작부인은 자신이 먼저 구애를 하게 되고, 두 사람은 비밀리에 결혼한다. 결혼 서약은 공작부인의 하녀 카리올라(Cariola)가 지켜보는 가운데 말로써 행해진다.

이들의 결혼이 비밀리에 진행된 이유는 공작부인의 두 오빠, 즉 공작부인과 쌍둥이 오빠인 퍼디난드와 큰 오빠인 추기경이 그녀의 재혼을 금하고 그녀에게 자신들의 뜻대로 따를 것을 강요하기 때문이다. 공작부인은 오빠들의 요구에 기꺼이 동의하지만, 그녀는 이미 안토니오와 결합을 한 상태였다. 오빠들은 과부에게 남편에 대한 기억과 자녀들에게 헌신하라고 충고하는 성 바울의 견해를 지지한다. 하지만 나중에 퍼디난드는 자신과 추기경이 공작부인의 재산권을 보유하려는 생각을 갖고 있음을 밝히며, 더 중요한 것은 퍼디난드가 점차 여동생에 대한 근친상간적 욕정을 품고 있음을 드러낸다는 점이다.

공작부인과 안토니오는 추기경과 퍼디난드가 고용한 불평분자 악당 보솔라가 감시하는 중에도 몇 년 동안 자신들의 비밀을 유지한다. 하지만 공작부인의 임신을 의심한 보솔라는 공작부인에게 살구를 주어 조산을 하게 만들고, 안토니오가 무심코 땅에 떨어뜨린 태아의 점성 천궁도를 발견하고 그녀의 출산을 확인한다. 다만 아이의 아버지가 누구인지는 아직 알지 못한다. 공작부인과 안토니오의 비밀 결혼은 둘째 아이가 태어날 때까지는 알려지지 않지만, 그녀가 세 번째 임신을 하면서 사실이 드러나게 된다. 3막 2장의 거울 장면에서 공작부인은 자신이 안토니오에게 말하고 있다고 생각하지만, 그때 퍼디난드가 들어오게 되고 그는 여동생의 재혼을 알게 된다. 격분한 퍼디난드는 남편의 이름을 밝히지 않는 그녀를 남겨두고 이 사실을 추기경에게 알리기 위해 로마로 떠난다. 이에 공작부인은 공금횡령 사건을 꾸며 안토니오를 추방한다는 명목으로 그를 도피시킨다. 하지만 그 후에 그녀는 안토니오를 칭찬하는 보솔라의 속임수에 경계심이 풀려 남편의 이름을 밝히게 되고, 이 사실은 즉시 공작부인의 오빠들에게 전달된다. 한편 보솔라는 공작부인에게 남편을 만나기 위해 로레또로 가짜 순례 여행을 떠날 것을 제안한다.

그동안 추기경은 군인으로서 전쟁에 참여할 준비를 하고 있다. 그리고 자신의 성직을 포기하고 기사 작위를 받기 위해 로레또를 공식적으로 방문한다. 무언극을 통해 그는 안토니오와 공작부인, 그리고 그들의 아이들을 추방시키는 또 다른 의식을 거행한다. 한편 보솔라가 퍼디난드로부터 안전을 약속하는 모호한 전갈을 전달하자, 공작부인은 퍼디난드의 숨은 의도를 알아채고 안토니오에게 큰 아이와 함께 밀라노로 도망할 것을 권한다. 그가 떠나자마자, 변장을 한 보솔라가 무장한 무리를 이끌고 공작부인을 사로잡아 그녀의 성으로 끌고 간다.

제 4막은 공작부인의 열정과 죽음을 다루고 있다. 그녀는 자신의 불행을 견뎌내는 용기와 품위로 보솔라마저 감동시킨다. 하지만 그녀의 용기는 퍼디난드를 분노케 하여, 그는 그녀의 영혼을 무너뜨릴 기괴한 고문들을 고안한다. 그는 보솔라를 시켜 안토니오와 큰 아들이 죽은 모습을 거짓으로 보여주고, 잘린 손을 그녀에게 내밀어 고통스럽게 하며, 미치광이들을 들여보내 그녀의 영혼을 고문하는 잔인함을 보여준다. 마침내 그녀는 보솔라에 의해 목 졸려 숨을 거두는데, 남편과 아들이 죽은 것으로 믿은 그녀는 품위와 위엄을 갖추고 죽음을 맞이한다. 한편 공작부인과는 대조적으로 하녀 카리올라는 공포에 사로잡혀 울부짖으며 죽음을 피하려 하지만, 무대 밖에서 공작부인의 두 아이들과 함께 죽임을 당한다.

보솔라는 죽어가는 공작부인의 모습에 연민을 느껴 안토니오와 그의 아들이 살아있음을 알려주고, 그동안 자신의 행위에 대해 후회한다. 그는 자신의 잘못을 뉘우치기 위해 안토니오를 도울 것을 다짐한다. 그리고 공작부인의 당당한 죽음은 퍼디난드마저 심한 후회와 공포에 사로잡히게 하여 그는 결국 자신을 늑대로 여기는 정신병에 걸리고 만다.

한편 여동생을 죽인 죄의식에서 생겨난 환상에 시달리는 추기경은 자신의 음모가 발각될 것을 두려워하는데, 보솔라는 자신에게 추파를 보내는 추기경의 애인 줄리아를 이용하여 추기경의 비밀을 알아낸다. 추기경은 줄리아에게 비밀을 지킬 것을 맹세시키면서 독이 묻은 성경에 키스하게 하여 그녀를 독살한다. 마침 그때 등장한 보솔라를 보고 놀란 추기경은 그에게 줄리아의 시체를 치울 것을 명령하지만, 보솔라는 퍼디난드와 추기경 형제에게 복수할 것을 계획한다. 그런데 아이러니컬하게도 보솔라는 공작부인의 오빠들과 화해를 하기 위해 찾아온 안토니오를 어둠 속에서 잘못 오인하여 칼로 찔러 죽이고 만다. 보솔라는 이번에는 죽어가는 안토니오에게 공작부인과 아이들이 이미 죽었음을 알려주고, 저승에서 그들을 만날 것이라는 위안을 준다. 그리고 이 사건에 분노한 보솔라는 추기경을 칼로 찌르는데, 그때 갑자기 광기에 사로잡혀 달려 들어온 퍼디난드는 추기경을 다시 한번 찌르고 보솔라에게 치명적인 상처를 입힌다. 하지만 보솔라는 역습을 가하여 퍼디난드를 죽인다. 결국 이 불행한 가문의 유일한 생존자인 안토니오의 아들은 아버지의 절친한 친구 델리오의 보호를 받게 된다.

●● 웹스터의 극 세계

　존 웹스터의 극 세계는 도덕적 혼란, 무정부적 에너지, 그리고 공포로 가득 찬 어두운 세계이다. 웹스터의 파괴적인 극 세계에 등장하는 인물들은 자신들의 타락과 악을 더욱 강화하는데 기쁨을 느끼고, 극을 지배하는 공포는 고통당하는 등장인물 자신들의 영혼이다. 달빛 속에 등장하는 광인들의 차가운 시선, 울부짖는 짐승으로 변해버린 귀족, 그리고 수족이 절단된 시체들의 등장은 죄지은 타락한 인물들의 도덕적 부패를 상징적으로 나타내준다. 인간과 그의 영혼, 그리고 우주 전체가 모두 타락하고 병들어 있는 모습으로 그려지는 것이다.

　『말피 공작부인』에 나타나는 웹스터의 극 세계는 결코 이성적이지 않다. 보솔라가 위험에서 구해주고자 했던 안토니오를 우연히 찔러 죽이는 것처럼 그곳은 제멋대로이고 변덕스러운 곳이다. 안토니오는 죽어가면서 삶의 허무함을 이렇게 묘사한다.

> 성공을 추구할 때 우리 모두는,
> 재미에만 관심이 있는 개구쟁이 소년들처럼,
> 공중으로 날아 올라가버린 거품을 쫓지요.
> 삶의 즐거움이라는 것이 무엇인가?
> 학질에 걸려 단지 휴식을 준비하며
> 고통을 견뎌내는 시간들에 불과한 것이오. (5.4.64-69)
> In all our quest of greatness,
> Like wanton boys whose pastime is their care,
> We follow after bubbles, blown in th' air.
> Pleasure of life, what is 't? Only the good hours

Of an auge, merely a preparative to rest,
To endure vexation.

선하고 죄 없는 자들이 사악한 자들과 마찬가지로 무참하게 파멸
당하고, 처벌과 보상은 전혀 관계가 없는 것처럼 보인다. 악당 보
솔라가 마음을 돌이켜 보여준 선한 의도는 알 수 없는 힘에 의해
좌절되고 만다.

　하지만 웹스터의 극 세계를 이처럼 염세주의와 무질서의 단일
한 시각으로만 바라보는 데에는 논란의 여지가 있다. 웹스터의 작
품은 17세기 영국의 희극 전통 가운데 풍자극의 시각에서 바라보
는 것이 도움이 될 것이다. 어떤 의미에서 웹스터는 풍자 작가
(Satirist)였고, 모든 풍자 작가들이 그렇듯이 엄격한 도덕주의자였
다. 흔히 풍자 작가는 헛된 목적과 무가치한 목표를 쫓는 인간의
행동이 얼마나 어리석은 것인지 주목한다. 웹스터는 자신의 작품
에 등장하는 인물들의 무모한 열정과 뒤틀린 욕망을 폭로하면서
그들을 냉정하고 객관적으로 해부하는 모습을 보여준다.

　『하얀 악마』에서는 비토리아와 브라키아노(Brachiano), 그리고
비토리아의 오빠 플라미네오(Flamineo)의 탐욕적 욕망이 빚어낸
성적 정치적 음모가 모든 사람들을 함정에 빠트리는 부도덕의 올
가미를 만들어낸다. 아내가 있는 브라키아노와 남편이 있는 비토
리아가 서로 욕정에 사로잡혀 상대방의 배우자를 죽음으로 몰아
넣는 잔인한 모습을 보이고, 플라미네오는 자신의 경제적 성공을
위해 누이동생의 불륜을 조장하는 타락한 인물로 등장하기 때문
이다. 다만 비토리아가 죽기 전에 "궁정을 보지 못한 자들과, 높으

신 양반들을 말로만 들어 알고 있는 자들은 행복하다" 라고 말하는 대사는 일시적이긴 하지만 이 작품의 풍자적 의미를 전달해 준다. 이러한 풍자적 비전에서 생겨나는 도덕적 기반이 없다면, 이 작품은 단순히 잔인한 공포극에 지나지 않게 될 것이다.

하지만 웹스터는 『하얀 악마』 다음에 쓴 『말피 공작부인』에서 단순한 풍자의 수준을 넘어, 숭고한 비극의 수준에까지 도달한다. 웹스터의 인물들 가운데 일부는 극중 내내 인간으로서의 존엄성과 품위를 잃지 않는다. 특히 말피 공작부인은 결코 도덕적으로 판단할 수 있는 인물이 아니다. 그녀는 자신 앞에 놓인 함정을 알아챌 만큼 똑똑하며, 여성의 성적 능력을 긍정적으로 대변할 만큼 감각적이고, 자부심이 있으며, 강한 의지를 가진 인물이다. 더구나 그녀는 자신의 운명을 만들어 나가려는 인간 영혼의 존엄성을 구현하지만, 이에 실패하자 운명에 기꺼이 맞서는 당당함을 보여준다. 죽음의 순간에도 그녀는 자신을 괴롭히는 암살자들 앞에서 몸을 굽히는 것을 거부하고, "난 아직도 말피 공작부인이다"(I am still Duchess of Malfi)라고 말하는 용기를 보이기 때문이다. 이러한 측면에서 웹스터의 비극은 위대한 비극성에 도달한다. 웹스터의 인물들은 대부분 저주받을 운명이지만, 그럼에도 불구하고 그들의 투쟁은 중요한 의미를 갖는다. 악당들조차 그러한 투쟁에서 어떤 존엄성을 보여준다. 웹스터는 저주받은 파멸조차 어떻게 존엄성을 지닐 수 있는가를 보여주고, 인간 영혼의 힘이 아무리 뒤틀려 있다 할지라도 인간을 비극적 숭고함으로 끌어 올릴 수 있다는 것을 보여주는 셈이다.

웹스터의 비극 세계가 셰익스피어나 다른 당대의 비극 작가들의 작품들과 분명하게 다른 점은 극의 중심인물이 여성과 하인 혹은 악당이라는 점이다. 『하얀 악마』에서는 중심인물이 분명치 않지만 비토리아와 그녀의 오빠인 플라미네오가 극의 중심에 있다고 할 수 있으며, 『말피 공작부인』은 공작부인과 보솔라가 극의 중심에 있다. 그렇다면 웹스터는 전통적인 비극 담론에서 가장 우선적으로 지켜오던 높은 신분의 남성 주인공이라는 원칙을 무시하고 새로운 실험적인 비극을 시도한 셈이다. 이러한 혁신적인 시도를 관객들의 흥미를 겨냥한 웹스터의 선정주의(Sensationalism)로 치부할 수도 있겠지만, 여성과 하층민의 사회적 권리에 대한 인식이 조금씩 확대되어가던 당대의 상황을 고려한다면 그다지 놀랄만한 실험이라고 할 수도 없을 것이다. 다만 전통적인 비극의 틀을 깨트렸다는 점에서 우리는 웹스터의 자유로운 정신세계를 높이 평가해야 할 것이다. 특히 말피 공작부인은 최초의 여성 비극 주인공이라고 불릴 수 있는 요소를 갖추고 있다고 할 수 있다. 비록 그녀가 가부장제 중심의 사회질서가 보여주는 오빠들의 잔인한 억압을 넘지 못하는 한계를 보여주지만, 그녀의 죽음이 많은 변화를 가져온다는 점 역시 주목할 필요가 있다.

『말피 공작부인』은 웹스터의 작품들 가운데 가장 많이 언급되고 국내 대학이나 대학원의 르네상스 영문학 과목에서 자주 다루어지는 작품이기 때문에, 르네상스 시기 영문학을 연구하는 국내 학자들도 많은 관심을 갖고 있는 것으로 알고 있다. 현재 국내에서 학자들에 의해 연구된 『말피 공작부인』에 관한 한글 논문은 다음과 같은 4편 정도를 찾아 볼 수 있다.

1. 김소임. "*The Duchess of Malfi*에 나타난 가치관의 갈등" 『고
   전 르네상스 드라마』 1권 (1993)
2. 오경심. "르네상스 희곡연구: 『말피 공작부인』을 중심으로" 『영어
   영문학』 40권 2호 (1994)
3. 이미영. "I am Duchess of Malfi: 비극의 주인공으로서 여성의
   가능성" 『고전 르네상스 드라마』 5권 (1997)
4. 채유순. "*The Duchess of Malfi*: 계급 갈등을 초월한 Malfi의
   전복적 재혼" 『고전 르네상스 드라마』 5권 (1997)

목 차

● 제 1 막 ●

● 제 2 막 ●

● 제 3 막 ●

● 제 4 막 ●

● 제 5 막 ●

일러두기

1. 존 웹스터의 『말피 공작부인』의 번역은 맨체스터 대학출판부 (Manchester UP)에서 출간된 *The Duchess of Malfi*를 원본으로 삼았고, 『노튼 앤솔러지』(*Norton Anthology*)와 옥스퍼드 출판사 판본을 참고하여 미심쩍은 부분과 각주 등을 보완하였음을 밝힌다.

2. 본 번역본에서는 원본에 나타난 운문과 산문의 형태를 그대로 살려 번역하였음을 밝힌다. 물론 운율을 살려 번역한 것은 아니지만, 행의 길이를 통해 운문과 산문을 구분할 수 있을 것으로 여겨진다.

3. 웹스터의 작품 중에 현재 국내 번역이 된 작품은 디오니소스 드라마 연구회가 번역한 『영국 고전 희곡선 1』(도서출판 동인)이라는 제목의 작품집 가운데 『하얀 악마』가 있다. 『말피 공작부인』은 웹스터의 가장 훌륭한 작품으로 평가받고 있으며, 당대를 포함하여 현대에도 가장 인기를 누리는 작품이지만 현재까지는 국내에서 본 번역이 최초임을 밝히는 바이다.

말피 공작부인

● 등장인물

퍼디난드 칼라브리아의 공작, 공작부인의 쌍둥이 오빠

추기경 두 사람의 형제

다니엘 드 보솔라 추기경을 섬기다가 노예선에서 부역 후 돌아
온 인물,
후에 퍼디난드의 명령에 따라 공작부인의 마
굿간 관리인 역을 함.

안토니오 볼로냐 공작부인 집안의 집사, 나중에 그녀의 남편이 됨

델리오 안토니오의 친구, 궁중인

카스트루키오 늙은 영주, 줄리아의 남편

페스카라의 마르키스 군인

말라테스테 백작 로마의 궁중인

실비오 말피와 로마의 궁중인

로더리고 말피의 궁중인

그리솔란 말피의 궁중인

의사

말피 공작부인 젊은 과부, 나중에 안토니오의 부인, 추기경의
여동생이며
퍼디난드의 쌍둥이 여동생

카리올라 공작부인의 시녀

줄리아 카스트루키오의 아내이며 추기경의 정부
노 부인 산파

두 사람의 순례자,
점성가, 변호사, 성직자, 의사, 영국의 재단사, 왕실의 의정관, 농
부, 그리고 중개인으로
나오는 8명의 미치광이들
궁중 관리들, 하인들, 경비병들, 사형집행인들, 시종들, 성직자들,
시녀들

● **배경**

말피, 로마, 로레또, 앙꼬나 근처의 시골, 그리고 밀라노

제 1 막

〈제 1 장〉

(안토니오와 델리오 등장)

델리오. 고국에 온 걸 환영하네. 친애하는 안토니오.
오랫동안 프랑스에 있더니. 옷차림이 완전히
전형적인 프랑스인이 돼어 돌아왔군 그래.
프랑스 궁중은 어떻던가?

안토니오. 존경스럽더군.
의회와 국민 모두가 정해진 규범에 따라 살도록
그들의 현명한 왕께서는 먼저 집안에서부터
일을 시작하셨지. 우선 살랑거리는 아첨꾼들이나
무절제하고 파렴치한 자들을 궁전에서 쫓아냈는데,
그 분은 그것을 자기 주인의 걸작. 즉 하나님이
하신 일이라고 멋지게 이름 붙였다네.
군주의 궁정은 모두가 목을 축이는 샘물과 같아서
언제나 맑고 깨끗한 물이 흘러나와야 한다고 생각하신 거지.
하지만 만약 어떤 저즈스런 작자가 샘의 근원 가까이에
독을 풀어놓는다면 죽음과 질병이 전국으로 퍼지겠지.
그런데 이처럼 축복 받은 통치를 이루게 하는 것이
바로 왕께 과감하고 자유롭게 당대의 타락상을 알려주는
선견지명이 있는 위원회가 아니고 무엇이겠는가?
궁정에 있는 어떤 이들은 군주들에게 무엇을 해야 한다고

가르치는 것이 주제넘은 짓이라고 생각하지만,

군주들이 마땅히 내다보아야 할 것들을 알려주는 일은

신하들의 고귀한 임무일세.

(보솔라 등장)

여기 보솔라가 오는군.

궁중의 유일한 냉소주의자이지. 하지만 그의 험한 말이

단지 고결함을 좋아해서 나오는 것은 아닌 것 같더군.

사실 그는 자신이 원하는 것들을 비난하지.

기회만 주어진다면 그도 다른 사람 못지않게

음탕하고, 탐욕스럽고, 거만하며,

잔인하고, 또 시기적인 사람이 될 걸세.

(추기경 등장)

추기경께서 오시는군.

보솔라. 제가 항상 추기경님을 따라다니고 있군요.

추기경.   그렇군.

보솔라. 그 동안 나리를 잘 섬겨왔는데

이처럼 귀찮게 여기시는군요.

통탄할 세상입니다. 열심히 일한 대가가

아무 것도 없다니 말입니다.

추기경. 자네는 자신의 공로를 너무 내세우는군.

보솔라. 저는 나리를 위해 일하다가 노예선[1]을 타게 되었지요. 그 곳에서 저는 2년 동안 로마의 망토 차림을 따라 셔츠 대신에 어깨에 끈이 달린 수건 두 장을 둘렀습죠. 이렇게 무시를 당해?[2] 어떻게 해

---

1) 중세 이후로 노예선에서 노를 젓는 일은 사형선고나 다름없는 혹독한 형벌이었다.

서든지 성공해야겠어. 검은 새들은 고약한 날씨에 가장 통통해지는 법.3) 나라고 그러지 말라는 법 있나, 이렇게 덥고 불쾌한 시기에?4)

추기경. 이젠 좀 정직하게 살도록 하게.

보솔라. 고결하신 나리께서 제발 제게 그 방법을 좀 가르쳐 주십시오. (추기경 퇴장)

그런 목적으로 멀리까지 여행을 하는 자들을 많이 알고 있지만, 돌아올 때도 갈 때와 마찬가지로 악당 모습 그대로인데, 그 이유는 그들이 항상 자신을 끌고 다니기 때문이죠. 사라졌나? (안토니오와 델리오에게) 어떤 자들은 악마에게 사로잡혔다고 말들 하지만, 이 대단한 양반은 악마 대왕을 사로잡아 더 나쁘게 만들 능력이 있답니다.

안토니오. 저 분이 그대의 청원을 거절했소?

보솔라. 그와 그의 동생 분은 고여 있는 웅덩이 위로 구부러져 자라는 자두나무들과도 같답니다. 잎은 무성하고 열매로 뒤덮여 있지만, 까마귀, 까치, 그리고 송충이5)들만이 그 열매들을 먹지요. 내가 그들의 뚜쟁이 역할을 할 수 있다면, 말거머리처럼 그들에게 달라붙어 배를 다 채운 후에야 떨어질 겁니다. 제발 날 내버려 두시지요. 그 누가 보다 나은 내일을 위해 이처럼 비참한 굴종을 감

---

2) 추기경이 걸어가 버리거나 몸을 돌려버렸을 가능성이 높다. 혹은 보솔라가 자신의 생각에 너무 사로잡혀서 혼잣말을 하는 것으로 볼 수도 있다.

3) 추운 겨울에 새들이 깃털을 세워 몸을 덥히는 것에 대한 언급. 검은 새(지빠귀)들은 깃털을 세워 몸집이 큰 것처럼 보이게 한다. 이러한 습성은 모든 작은 새들에게 공통적인 것이기 때문에, 보솔라는 자신의 불운을 나타내기 위해 "검은" 새라고 표현한 것으로 여겨진다.

4) dog-days: 일년 중에 가장 덥고 불쾌한 시기

5) 흔히 비인간적인 인간을 가리킬 때 사용한다. 죽은 시체를 탐하는 교활하고 탐욕적인 동물들을 나타낸다.

수하겠습니까? 갈망하는 탄탈로스[6]보다 더 절망적인 경우에 처한 인간이 어디 있었습니까? 또한 사형 집행의 마지막 순간이 연기되기를 소망하는 자보다 더 두렵게 죽음을 맞이한 자는 없었지요. 매나 개들, 그리고 매춘부조차도 우리에게 봉사를 하면 보상을 받지요. 하지만 전쟁터에서 팔다리를 잃는 위험을 무릅쓰는 군인이 마지막으로 의지할 것이라곤 기하학 같은 것밖에 없답니다.

델리오. 기하학이라고?

보솔라. 그렇지요, 멋진 붕대 한두 개를 목에 걸고 영예로운 목발을 짚은 채 이 병원에서 저 병원으로 끌려 다니는 거지요. 안녕히 계세요. 하지만 우리 같은 사람을 비웃지는 마십시오. 궁중에서의 자리라는 것이 그저 이 사람의 머리가 저 사람의 발끝에 놓이고, 그래서 점점 더 낮아지는 병원 침대나 다름없으니 말입니다. (퇴장)

델리오. 나는 이 친구가 끔찍한 살인을 저지른 대가로
　　　　7년간 노예선에 있었던 것으로 알고 있네.
　　　　그리고 그 일은 추기경이 비밀리에 꾸민 것으로
　　　　여겨졌지. 프랑스 장군 가스통 드포아[7]가
　　　　나폴리를 수복했을 때 그를 해방시켜 주었지.

안토니오. 이처럼 무시를 당하다니
　　　　참으로 안됐군. 나는 그가 매우 용감하다고

---

6) 고대 신화에 따르면, 탄탈로스는 하데스에서 물이 가득한 호수 한가운데에 놓여지는 벌을 받았는데 그가 물을 마시려고 가까이 갈 때마다 물은 물러나며, 가까이에 있는 나무에는 탐스러운 열매가 열려 있으나 그가 잡으려고 손을 뻗치면 열매는 항상 그의 손을 피했다. 그리고 그의 머리 위에는 곧 떨어질 것 같은 거대한 바위가 놓여있었다.
7) 가스통 드포아(Gaston De Foix)는 1500년대 초반에 이탈리아에서 활동했던 프랑스 장군이다. 따라서 이 작품의 시대는 실제로 웹스터가 작품을 쓴 것보다 100여년 전이라는 것을 알 수 있다.

들었는데. 저런 심각한 우울증은
그의 모든 장점을 파멸시킬 걸세. 내 말하건대
지나치게 과도한 잠이 영혼을 녹슬게 한다는
말이 사실이라면, 무기력함은 모든 어두운 우울증을
낳고 키운다네. 오랫동안 입지 않은 옷에는
좀나방이 생기는 것처럼 말일세.
(실비오, 카스트루키오, 줄리아, 로더리고, 그리고
그리솔란 등장)

델리오. 접견실이 붐비기 시작하는군. 자네 내게
자네가 아는 훌륭한 궁중인들의 본성에 대해
이야기해 준다고 한 약속 잊지 말게.

안토니오.   추기경과 지금 궁중에 있는
다른 낯선 사람들 말인가? 그렇게 하지.
(퍼디난드 등장)
여기 위대한 칼라브리안 공작께서 오시는군.

퍼디난드. 누가 고리8)를 가장 많이 꿰었지?

실비오. 안토니오 볼로냐입니다, 나리.

퍼디난드. 내 누이 공작부인 집안의 훌륭한 집사인가? 그에게 보석을 주어라. 그나저나 우린 언제나 이런 운동 놀이를 떠나 진짜 전투에 참여하겠나?

카스트루키오. 생각건대, 공작님, 몸소 전쟁에 참가하시려고 해선 안 됩니다.

---

8) 기사들의 창 시합에서 말을 타고 창끝에 고리를 꿰는 무예의 일종에서 나온 표현이다. 퍼디난드의 말은 의도하지는 않았지만 아이러니컬하다. 그 이유는 2막에서 안토니오가 공작부인의 반지를 끼기 때문이다.

퍼디난드. 이제 좀 진지한 대화가 되겠군. 왜 그렇단 말이오?

카스트루키오. 군인이 군주의 자리에 오르는 것은 적합하지만, 그렇다고 군주가 장교의 위치로 내려갈 필요는 없습니다.

퍼디난드. 필요 없다고?

카스트루키오. 그렇습니다, 공작님. 대리인이 군주대신 잘 싸울 겁니다.

퍼디난드. 그럼 그는 왜 잠자고 먹는 것은 대리인을 쓰지 않는 것이오? 대리인은 군주에게서 게으르고, 불쾌하고, 천한 기능을 빼앗을지 몰라도, 군주는 대리인에게서 명예를 빼앗는 법이오.

카스트루키오. 제 경험을 믿으십시오. 통치자가 군인인 왕국은 결코 평화가 오래가지 않습니다.

퍼디난드. 자네 부인은 싸우는 것을 참지 못한다고 내게 말했었지.

카스트루키오. 그렇습니다, 공작님.

퍼디난드. 그리고 자네 부인이 온 몸에 부상을 입은 장교를 만난 농담을 했다고 들었는데, 생각이 나질 않는군.

카스트루키오. 공작님, 집사람은 그 자가 이스라엘의 자손들처럼 천막을 치고 누워있으니 불쌍하다고 그에게 말했습니다.

퍼디난드. 그래, 도시의 의사들이 모두 손을 놓게 만들 만한 재치가 있어. 비록 사내들이 싸울 때 무기를 빼어들고 달려 나갈 준비가 되어 있을지라도 부인의 설득이라면 그들도 무기를 접어둘 것이요.

카스트루키오. 그녀라면 그럴 겁니다. 공작님

퍼디난드. 내 스페인 산 말을 어떻게 생각하시오?

로더리고. 정말 빠르더군요.

퍼디난드. 나는 플리니9)와 같은 생각을 가지고 있는데, 그 말은 바람이 낳았다고 생각하네. 마치 수은을 지고 있는 것처럼 달리니 말일세.

실비오. 맞습니다, 공작님. 창 시합에서는 종종 과녁을 비껴가곤 하지요.

로더리고, 그리솔란. 하, 하, 하!

퍼디난드. 왜 웃는가? 난 궁중인인 당신들이 나의 부싯깃이 되어야 한다고 생각하오. 내가 불을 붙일 때만 불이 붙어야 한다는 말이오. 즉, 상대방이 전혀 재치가 없는 자라고 하더라도 내가 웃을 때에만 웃어야 한다는 말이오.

카스트루키오. 맞습니다, 공작님. 저는 아주 훌륭한 농담을 듣고, 그것을 이해할 정도로 어리석은 재치를 보인 것이 수치스러웠습니다.

퍼디난드. 하지만 난 그대의 광대를 보고 웃을 수는 있을 것이오.

카스트루키오. 공작님도 아시다시피, 그 녀석은 말은 못합니다만, 여러 가지 표정을 짓습니다. 제 아내가 그 녀석을 견디어 낼 리가 없습니다.

퍼디난드. 그래요?

카스트루키오. 그 사람은 흥겨운 친구들도 싫어합니다. 지나치게 많이 웃고, 지나치게 많이 어울리는 것은 얼굴에 주름살만 가득하게 해준다고 말한답니다.

퍼디난드. 그렇다면 그녀가 과도하게 웃지 않도록 그녀의 얼굴을

---

9) 기원후 23년에서 79년까지 살았던 로마의 철학자 가이어스 필리니우스 2세(Gaius Plinius Secundus)를 가리킨다. 『자연의 역사』(*Naturalis Historis*)라는 책을 집필한 그는 포르투칼의 특정한 지역에 사는 암말들은 서풍에 의해서 임신하여 바람처럼 빠르게 달리는 새끼를 낳는다고 주장하였다.

위해 만들어진 수학적 기구를 하나 주문해야겠군 그래. 조만간 밀라노로 그대를 방문하겠소, 실비오 경.

실비오. 공작님의 방문은 대환영입니다.

퍼디난드. 안토니오, 자네는 훌륭한 기수일세. 프랑스에도 훌륭한 기수 친구들이 있겠지. 훌륭한 승마술이란 무엇이라고 생각하나?

안토니오. 고상함입니다, 공작님. 그리스의 목마10)로부터 많은 유명한 군주들이 튀어나온 것처럼, 용감한 승마술에서 고귀한 행동을 불러일으키는 결단의 불꽃이 생겨납니다.

퍼디난드. 훌륭한 설명이로군.

(추기경, 공작부인, 카리올라가 수행원들과 함께 등장)

실비오. 공작님의 형제분이신 추기경님과 공작부인께서 오십니다.

추기경. 배들이 도착했는가?

그리솔란. 그렇습니다, 추기경님.

퍼디난드. 여기는 실비오 경인데, 곧 출발하려고 합니다.

델리오. 자네, 약속했었지. 저 추기경은 어떤 사람인가?

　　　　그의 기질 말일세. 사람들 말이 궁중 여인들이나 테니스,
　　　　또는 춤에 오천 크라운을 내기로 걸 정도로 대담한 사람
　　　　이고, 일대일의 결투를 감행했던 양반이라고들 하더군.

---

10) 트로이 전쟁에서 그리스 군이 만든 목마를 가리킨다. 트로이 군은 그리스 군이 퇴각한 줄로 알고 승리에 들떠 그리스 군이 남겨놓은 목마를 성 안으로 들여오지만, 밤중에 목마 속에서 대기하고 있던 그리스 군의 장수들과 병사들이 몰래 나와서 트로이 성을 함락시키고 승리를 하는 결정적 역할을 한다. 안토니오는 자신의 재치를 강조하기 위해서 간단한 질문에 우회적인 답변을 하는 것일 수도 있지만, horse가 whores와 동음이의어라는 것을 유의해 보면 이런 말장난을 통해 웹스터가 두 남자 사이의 본능적인 경쟁의식을 표현하고 있다고도 볼 수 있다.

안토니오. 겉으로는 그런 화려한 행동들이 그에게 따라붙어 있지만, 그의 내면을 들여다보면, 그는 우울한 성직자이지. 그의 얼굴에 나타난 활기는 두꺼비의 가식에 불과하다네. 누군가를 의심하게 되면, 추기경은 헤라클레스에게 부과되었던 것보다도 더 심한 음모를 꾸며놓지. 그는 온통 아첨꾼들, 뚜쟁이들, 스파이들, 무신론자들, 그리고 그와 같은 수천 명의 정치적 괴물들에게 둘러싸여 있기 때문이야. 그는 교황이 될 뻔 했지만, 교회 본래의 품위를 통해 그 자리에 이른 것이 아니라 뻔뻔스럽게도 막대한 뇌물을 갖다 바쳤지. 마치 하늘도 모르게 자신이 그 직책을 수행할 수 있을 것처럼 말일세. 그가 몇 가지 좋은 일을 한 적도 있는데.

델리오. 그 정도면 추기경에 대해선 충분하네. 그의 동생은 어떤가?

안토니오. 저기 공작 말인가? 참으로 고집 세고 사나운
　　　　　성격의 소유자이지. 그에게 나타나는 유쾌함은
　　　　　겉모습에 불과하네. 만약 그가 진심으로 웃는다면,
　　　　　그것은 한물 간 정직함에 대해 비웃는 것일세.

델리오.　　　　　　　　　　　　　둘이 쌍둥이인가?

안토니오. 성품으로는 그렇지.
　　　　　그는 다른 사람의 혀로 말하고, 다른 사람의 귀로
　　　　　사람들의 탄원을 듣는다네.11) 무례한 답변을 하는 자를
　　　　　함정에 빠뜨리려고 의자 위에서 잠자는 척 한다네.
　　　　　사적인 정보만으로 사람들에게 죽음을 선고하고,
　　　　　소문만 듣고도 상을 내리지.

델리오. 그렇다면 그와 법률의 관계가

---

11) 그는 자신이 생각하는 것을 말하지 않고 청을 들어도 무시한다는 것을 의미한다.

거미와 더럽고 시커먼 거미집의 관계와 같군.

그는 법률을 자신의 거처이자 감옥으로 삼아

자신을 살찌위줄 자들을 옭아매는 거야.

안토니오.   맞는 말일세.

그는 원한의 빚을 제외하고는 자신이 은혜를 입고

있다고 고백해야 할 사람들에게는 빚을 갚지 않는다네.

마지막으로 그의 형인 저기 저 추기경 얘기일세.

그에게 아첨하는 자들은 그의 입술이 신탁을

전한다고 말하는데, 난 정말 그들의 말을 믿네.

악마가 그들을 통해 말을 하니 말일세. 하지만

그들의 누이인 저 올바르고 고귀한 공작부인은 달라.

저렇게 서로 성질이 완전히 다른 세 개의 아름다운 메달이

하나의 연판에서 주조되는 것을 본 적이 결코 없을 걸세.

그녀의 말은 너무나도 큰 기쁨에 가득 차 있어

그녀가 말을 끝내면 이내 섭섭해지기 시작하고,

그녀의 말을 듣고 싶어서 고통을 겪는 것보다 차라리

그녀가 말을 많이 하는 것이 더 낫다고 생각하게 되지.

또한 말하는 동안 상대에게 너무나 상냥한 표정을 보여

죽은 듯이 마비되어 누워있는 자도 갤리어드[12]에 맞춰

춤을 추고, 그 아름다운 얼굴에 넋이 빠지게 될 걸세.

하지만 그 표정 속에는 모든 음탕하고 헛된 욕망을

무색케 하는 신성한 자제력이 있다네.

그녀는 낮 동안에는 그처럼 고상한 미덕을 실행하고

밤에는, 아니 잠자는 동안에는, 다른 귀부인들의

---

12) 갤리어드(galliard)는 활기차고 홍겨운 춤의 일종이다.

고해성사보다도 더 경건하다네.

모든 아름다운 아가씨들이 자신들에게 아부하는 거울을

깨뜨리고 그녀를 본받았으면 좋겠네.

델리오.　　　　　　　　　　　　저런, 안토니오,

그녀에 대한 칭찬의 끈을 너무 늘어뜨리는군.

안토니오.　이 정도로만 하고 그만 액자에 집어넣겠네. 그녀의

구체적인 장점들은 모두 다음과 같이 요약할 수 있지.

그녀는 지나간 시간을 어둡게 하고, 다가올 시간을

밝혀준다네.

추기경.　그대는 회랑[13]에서 공작부인을 모시도록 하게.

앞으로 약 30분 후에 말이야.

안토니오.　그렇게 하겠습니다. (안토니오와 델리오 퇴장)

퍼디난드.　누이에게 한 가지 청이 있어.

공작부인.　　　　　　　　　　제게요?

퍼디난드.　이곳에 다니엘 드 보솔라라는 신사가 와 있어.

노예선에서 지냈던 사람이야.

공작부인.　예, 그 사람을 알아요.

퍼디난드.　그는 훌륭한 사람이야. 그를 누이 말을 관리하는

사람으로 써주기를 바래.

공작부인.　오라버니께서 그를 아시니까

그를 추천하여 쓰도록 하는 것이겠지요.

퍼디난드.　　　　　　　　그를 이리로 불러오라.

　　　　　　　　　　　　　　　　(수행원 퇴장)

---

13) 운동을 하는데 사용되거나 예술 작품을 전시하는데 사용되는 방을
　　가리킨다.

이제 헤어져야겠소. 친애하는 실비오 경,

부대에 있는 우리의 고귀한 동지들 모두에게

안부를 전해주시오.

실비오. 그렇게 하겠습니다.

공작부인. 밀라노로 가시는 겁니까?

실비오. 그렇습니다.

공작부인. 마차를 준비해라. 항구까지 마중해 드리겠습니다.

(추기경과 퍼디난드를 제외하고 모두 퇴장)

추기경. 보솔라를 반드시 첩자로 고용하도록

하거라. 이 일에 관해선 난 모르는 척 할 것이야.

오늘 아침처럼 그가 내게 승진을 청했을 때,

여러 번 내가 그를 무시했거든.

퍼디난드. 그녀 집안의 집사장인 안토니오가

훨씬 더 적합했을 텐데요.

추기경. 넌 그 자를 잘 몰라.

(보솔라 등장)

그는 본성이 그런 일을 하기에는 너무 정직해.

그가 오는군. 난 이만 가겠다. (퇴장)

보솔라. 이끌어주셔서 왔습니다.

퍼디난드. 여기 있던 내 형님, 추기경은 자네와는 결코

맞지 않네.

보솔라. 그분이 제게 빚을 진 이후로는 그렇습니다.

퍼디난드. 아마 자네 얼굴에 나타난 음흉한 표정 때문에

형님이 자넬 의심하는 것 같아.

보솔라. 그분이 관상학이라도 공부하시나요?

얼굴에 드러나는 것은 병자의 소변만큼이나 믿을 수
없는 것입니다. 어떤 사람은 병자의 소변을 의사의
매춘부라고 부르지요. 소변이 그를 속이니까요.
그분은 부당하게 저를 의심하신 겁니다.

퍼디난드. 그 점에 대해서는
자네가 윗사람들에게 생각할 시간을 주어야 하네.
불신은 좀처럼 우리를 속지 않게 해주지.
자네도 알다시피, 삼목 나무를 자주 흔들어주면
뿌리가 더 단단히 고정되는 법이라네.

보솔라. 하지만 조심하십시오.
친구를 부당하게 의심하면
다음번에는 그가 나리를 의심하게 되고
결국 나리를 배신하게 만드니까요.

퍼디난드.   이 금화를 받아라.

보솔라. 그럼, 다음엔 뭡니까?
끝자락에 천둥 번개가 없이는 이와 같은 소나기가
쏟아진 적이 없었죠.
누구의 목을 따야 합니까?

퍼디난드. 피를 보고 싶은 너의 잔인한 성향이 내가 너를
쓰기도 전에 벌써 나타나는구나. 내가 너에게 주는
임무는 여기 궁중에 살면서 공작부인을 관찰하는 것이다.
그녀 행동의 일거수일투족을 모두 기록하고,
어떤 청혼자들이 그녀에게 구혼을 하고
그녀가 누구를 가장 좋아하는지 파악하는 것이다.
그녀는 젊은 과부란 말이다.

　　　　　난 그녀가 다시 결혼하게 내버려두지 않을 것이다.

보솔라.　결혼을 막으신다구요?

퍼디난드.　이유는 묻지 말고, 잠자코 있어라.

　　　　　내가 안 된다면 안 되는 것이다.

보솔라.　공작님께선 절 공작님의 수호 악마 중의 하나로

　　　　　삼으신 것 같습니다.

퍼디난드.　수호 악마라고! 그게 뭐냐?

보솔라.　아, 매우 능숙한 보이지 않는 악마이지요, 육신은 있지만요.

　　　　　일종의 첩자지요.

퍼디난드.　내가 너에게 원하는 것이 바로

　　　　　그런 종류의 번창하는 존재이지. 그리고 오래지 않아

　　　　　넌 이 일로 인해 더 높은 자리에 오르게 될 것이다.

보솔라.　지옥이 천사라고 부르는 나리의 악마들14)을

　　　　　가져가십시오! 이 저주받은 것들은 공작님을 타락시키고,

　　　　　절 뻔뻔스런 배신자로 만들 것이며, 제가 이것들을

　　　　　가진다면 이것들이 절 지옥으로 데려갈 겁니다.

퍼디난드.　이보게, 난 내가 준 것은 아무것도 자네에게서 빼앗지

　　　　　않겠네. 내가 오늘 아침에 자넬 위해서 확보해 둔

　　　　　자리가 있어. 말을 관리하는 마부직이지.

　　　　　그 일에 대해 들어보았는가?

보솔라.　아닙니다.

퍼디난드.　그것이 자네 직책일세. 고맙지 않나?

보솔라.　이제 전 공작님께서 스스로를 욕하시도록 하겠습니다.

---

14) 금화를 가리킨다. 금화에는 성 미카엘의 모습이 새겨져 있어서 흔히
　　"천사"(Angel)로 불리워졌다.

사람들을 진정으로 고귀하게 만드는 공작님의

관대함이 절 악당으로 만드신 거니까요.

오, 공작님께서 제게 베풀어주신 은혜에 대한

배은망덕을 피하기 위해 전 악당이 할 수 있는

모든 일을 해야만 합니다. 악마는 이렇게

모든 죄악을 달콤하게 만듭니다. 하늘이 비열한 것으로

정한 것을 그는 훌륭한 업적으로 부르지요.

퍼디난드. 자네의 본성대로 하게.

우울한 예전 태도를 유지하게나. 그것이 자네가

자네보다 높은 자리에 있는 자들을 시기하지만,

그들 근처에 가려고 애쓰지는 않는다는 걸 알려줄 걸세.

그렇게 되면 사적인 거처에도 출입할 수 있을 테니,

거기에서 자네는 교활한 산쥐처럼---

보솔라. 저는 어떤 자들이 반쯤 잠이 들어

어떤 말에도 귀 기울이지 않는 것 같은 상태로,

영주의 식탁에서 식사하는 것을 본 적이 있습니다.

하지만 이 악당들은 영주가 잠들었을 때,

그의 목을 베었지요. 저의 임무가 무엇입니까?

마부 직이라고요? 그렇다면 저의 타락은

말똥에서 생겨난 거군요. 전 공작님께 속한 존재입니다.

퍼디난드. 물러가라!

보솔라. 선한 사람들이 선행으로 명예를 탐하게 해주십시오.

지위와 부는 흔히 치욕이 주는 뇌물이니까요.

때로는 악마도 설교를 하지요.　　　　　(퇴장)

　　　　　(공작부인과 추기경 등장)

추기경. 우린 너와 헤어져야만 하니, 이제 네 자신의
         분별력이 너를 감독할 수밖에 없겠구나.

퍼디난드. 누이는 과부이고,
          이미 남자란게 어떤 것인지 알고 있지. 그러니
          젊음, 높은 지위, 뛰어난 화술이 있더라도--

추기경. 그래, 작위나 명예가 없으면 그 어떤 것도
         네 고귀한 혈통을 지배하도록 해선 안 된다.

퍼디난드. 결혼말이야! 두 번 결혼하는 자들은
          가장 음탕한 존재들이야.

추기경.   오, 더러운 것들!

퍼디난드. 그들의 간은 라반의 양들보다 더
          얼룩이 많아.15)

공작부인. 가장 많은 보석상의 손을 거친
          다이아몬드가 가장 가치가 있다고들
          하잖아요.

퍼디난드. 그런 규칙을 따르면 매춘부들이 귀중한 존재이겠군.

공작부인. 제 말을 좀 들어보시겠어요?
          전 결코 결혼하지 않겠어요.

추기경. 대부분의 과부들이 그렇게 말하지.
         하지만 흔히 그 결심은 모래시계가 한 번
         도는 시간 이상을 지속되지 않지요.

---

15) 성서 창세기 30장 31-43에는 라반이 야곱의 노임을 착취할 목적으로
    얼룩덜룩한 양이 출생하면 야곱에게 주기로 하였는데, 야곱이 어떻게
    라반의 양들로 하여금 얼룩덜룩한 양 새끼들을 낳도록 했는지 기록
    되어 있다.

장례 설교와 함께 그 결심은 동시에 끝나버리지.

퍼디난드. 자 내 말을 들어봐.

누이는 이곳 궁중의 기름진 초원에 살고 있어.

그런데 여기엔 치명적인 꿀물이 있지.

그건 누이의 명예를 독살할 거야. 그걸 조심해.

교활해선 안돼. 20세가 되기 전에 얼굴로 자신의

속마음을 속이는 자들은 마녀들이거든.

그래, 그리고 악마에게 빨아 먹히는 거지.

공작부인. 정말 끔찍하게 좋은 충고로군요.

퍼디난드. 위선은 멋진 가느다란 실로 짜여있어서

불칸의 그물[16]보다도 더 교묘하거든. 하지만

누이의 어떠한 음흉한 행동도, 아니 누이의

비밀 생각까지도 모두 드러나고 말 거야.

추기경. 자기 마음대로 어두운 밤을 이용하여

비밀리에 결혼할 수 있을 거라고 생각한다면

넌 스스로를 기만하는 거야.

퍼디난드. 지금까지 누이가 했던 가장 멋진

항해를 생각해 봐. 엉뚱하게 움직이는 게처럼 말이야.

게는 뒤로 가면서도 똑바로 가고 있다고

생각하거든. 멋대로 가니까 말이야. 하지만 잘 지켜봐.

그런 결혼은 축하받는다기보다는 오히려 단죄된다고

말하는 것이 더 적당할 걸.

---

16) 로마 신화에서 대장장이 신 불칸은 자신의 아내인 비너스가 전쟁의
신 마르스와 간통하는 장면을 목격하고 그들을 자신이 만든 그물로
사로잡는다.

추기경. 결혼식 날 밤이 감옥으로 들어가는

입구가 되는 거지.

퍼디난드. 그리고 그 기쁨들.

그 음탕한 쾌락들은 사람의 불행을 앞서는

깊은 잠과 같은 거지.

추기경. 잘 있거라.

지혜는 마지막에 나타나는 법이야. 이 말을 기억해.

(퇴장)

공작부인. 두 사람이 한 이야기는 미리 연습한 거 같군.

너무나 자연스럽게 나오니 말이야.

퍼디난드. 누이는 내 형제야.

이건 아버님의 단검이셨지. 알겠어? 난 이 단검이

녹스는 걸 보고 싶지 않아.17) 그분의 것이었으니까.

난 누이가 이 위험한 연회를 단념하기를 원해.

복면과 가면은 절친한 사이지만

결코 선한 일을 위해서 사용된 적이 없었지. 잘 있어.

그리고 여자들은 칠성장어처럼 뼈가 없는

그 곳18)을 좋아하지.

공작부인. 어머나, 말도 안돼!

퍼디난드. 아니.

나는 다양한 구애의 수단인 혀를 말한 거야.

말끔하게 생긴 놈이 달콤한 이야기로 여자에게

뭘 믿지 못하게 하겠어? 안녕, 음탕한 과부여. (퇴장)

---

17) 퍼디난드는 누이의 생명을 위협하고 있다.
18) 남성의 성기를 가리키는 것으로 여겨진다.

공작부인. 이 정도로 내가 물러설 것 같아? 내 친족들이 모두
        이 결혼을 반대한다 할지라도, 난 그들을 밟고
        올라 설 거야. 이렇게, 지금처럼 날 미워할지라도,
        대 전투에 참여한 남자들이 위험을 감지하고서도
        거의 불가능한 일을 성취하는 것처럼 (병사들이 그렇게
        말하는 것을 들었거든) 그렇게 나도 공포와 위협을 뚫고
        이 위험한 모험을 시도할 거야. 내가 남편을 유혹하고
        선택했다고 늙은 아낙네들이 떠들어도 좋아. 카리올라!
                    (카리올라 등장)
        네가 알고 있는 비밀 때문에 나는 내 생명보다도
        더 귀중한 내 명성을 포기했다.
카리올라. 마님의 생명과 명성 둘 다 안전할 거예요.
        독약을 거래하는 자들이 독약을 제 아이들에게서
        멀리 떼어놓는 것과 마찬가지로 신중하게
        제가 이 비밀을 감출 테니까요.
공작부인.   너의 표현이 현명하고
        진실되구나. 너의 말을 믿는다.
        안토니오는 왔느냐?
카리올라.   그는 마님의 명을 기다리고 있어요.
공작부인. 착하고 사랑스런 카리올라, 나 혼자 있게 해다오.
        하지만 우리가 말하는 것을 엿들을 수 있도록
        휘장 뒤에 숨어 있거라. 행운을 빌어다오.
        난 이제 험한 곳으로 들어가려 하는데, 그곳에는
        길도 안내자가 되어 줄 친절한 실 꾸러미도
        찾을 수 없으니 말이다. (카리올라가 커튼 뒤로 물러난다)

(안토니오 등장)

펜과 잉크를 잡고 쓰세요. 준비 되었습니까?

안토니오.   예.

공작부인. 내가 뭐라고 했지요?

안토니오.   제가 뭔가를 써야한다고 하셨습니다.

공작부인. 오, 그렇군요.

　　　　　많은 비용이 든 이 연회가 끝난 후에
　　　　　알뜰한 농부들처럼 내일을 위해 무엇이
　　　　　비축되어 있는지 조사하는 것이 필요하겠지요.

안토니오. 참으로 아름답고 탁월하신 마님의 뜻대로 하시지요.

공작부인. 참으로 아름답다구요?

　　　　　정말 고마워요. 난 당신 덕분에 젊게 보이는 거예요.
　　　　　당신이 내 걱정들을 모두 덜어주었어요.

안토니오. 제가 가서 수입과 지출의 자세한 항목들을
　　　　　마님께 가져오겠습니다.

공작부인. 오, 당신은 정직한 관리인이에요. 하지만 당신은
　　　　　제가 내일을 위해 무엇이 비축되어 있는지 조사하려
　　　　　한다고 말했을 때, 오해를 하셨어요. 제 말은
　　　　　저기에 나를 위해 무엇이 비축되어 있느냐는 것이었어요.

안토니오. 어디 말씀이십니까?

공작부인.   천국 말이에요.

　　　　　전 유언장을 작성하고 있어요. (군주들이 정신이 말짱할 때
　　　　　그렇게 하는 것이 마땅한 것처럼 말이죠). 어디 말해보
　　　　　세요. 마치 우리가 뒤에 남기고 가는 유산 때문에
　　　　　마음이 몹시 심란하다는 듯이, 깊은 신음을 내쉬며

끔찍하게 무서운 표정을 짓기 보다는 이렇게 미소를 지
으며 유언장을 작성하는 것이 좋지 않겠어요?

안토니오. 오, 훨씬 더 낫지요.

공작부인. 지금 내게 남편이 있다면, 이런 걱정은 없을 텐데.

하지만 난 당신을 관리인으로 삼을 작정이에요.

우리가 먼저 기억해야 할 선행이 무엇일까요? 말해보세요.

안토니오. 인간이 창조된 후에 세상에서 시작된

첫 번째 선행인 결혼 예식부터 시작하십시오.

제가 마님께서 훌륭한 남편감을 정하시도록 하겠습니다.

그분께 전부 주십시오.

공작부인.   전부라구요?

안토니오. 그렇습니다, 아름다우신 마님 자신을.

공작부인. 수의로 몸을 감싼 채로?

안토니오.   혼자가 아닌 한 쌍이지요.

공작부인. 성 위니프레드[19]여, 그건 정말 이상한 유언이군요!

안토니오. 마님께 재혼하시겠다는 열망이 없으시다면,

그게 이상한 거지요.

공작부인.   결혼이란 어떤 거라고 생각하세요?

안토니오. 결혼에 대한 제 생각은 연옥이 없다는 사람들과 같습니다.

결혼은 천국 아니면 지옥 둘 중의 하나이지요.

제 3의 장소는 없습니다.

공작부인.   그대 자신의 경우라면 어떻게 생각하지요?

---

19) 성 위니프레드(Saint Winifred)는 웨일즈의 처녀 순교자로서 여기서
    말피 공작부인이 그 이름을 두고 맹세하는 것은 다소 앞뒤가 맞지
    않는다.

안토니오. 저는 어차피 희망이 없으니 우울해지면서

때때로 이렇게 생각하곤 했습니다.

공작부인.   어서 말해 보세요.

안토니오. 한 남자가 결혼을 하지 않고 아이들도 갖지 않는다면,

그가 빼앗기는 것이 뭘까요? 그저 아버지라는

보잘 것 없는 이름이나, 어린놈이 채색한 막대기를

들고 장난감 말을 타는 것을 보거나,

혹은 그 녀석이 말 배운 찌르레기처럼

조잘대는 것을 듣는 작은 즐거움 정도이지요.

공작부인. 저런, 저런, 이게 다 무슨 얘기지요? 당신 한 쪽 눈이

충혈 되어있군요. 제 반지를 눈에 대 보세요.

그게 효과가 있다고 그러더군요. 그건 제 결혼반지였어요.

그리고 전 결코 그걸 빼지 않겠다고 맹세했지요.

저의 두 번째 남편을 제외하고는요.

안토니오. 지금 반지를 빼셨잖아요.

공작부인. 그래요, 당신의 시력을 도와주기 위해서지요.

안토니오. 마님께서는 절 완전히 장님으로 만드셨군요.

공작부인. 무슨 말이죠?

안토니오. 이 반지 속에는 뻔뻔스럽고 야심만만한

악마가 춤추고 있어요.

공작부인.   악마를 없애버리세요.

안토니오. 어떻게요?

공작부인.   약간의 마법이 필요한데요, 당신의 손가락으로

할 수 있지요. 이렇게요, 잘 맞나요?

(안토니오의 손가락에 반지를 끼워준다. 그는 무릎을 꿇

는다)

안토니오. 뭐라고 말씀하셨죠?

공작부인   안토니오님,

당신의 멋진 머리가 너무 낮게 숙여져 있군요.

당신의 머리를 좀더 높게 들어올리지 않고서는

제가 똑바로 설 수도 없고 말을 할 수도 없군요.

일어서세요. 아니면, 괜찮으시다면 제가

도와드리지요. 이렇게. (그를 일으켜 세운다)

안토니오. 마님, 야심은 위대한 사람의 광기입니다.

사슬이나 감옥에 매어있는 것이 아니라

아름답고 쾌활한 거처에 머무는 광기이지요.

야심은 조잘대는 방문객들의 시끄러운 소리로 둘러싸여

있기 때문에 미치게 되고 도저히 치유가 안 됩니다.

제가 너무 어리석다고 생각지 말아 주십시오.

전 마님의 호의를 바라고 있으니까요. 하지만 춥다고

손을 따뜻하게 하기 위해 불 속에 손을 집어넣는 자는

바보이지요.

공작부인. 그럼 이제 땅은 파놓았으니,

내가 당신을 주인으로 삼은 풍부한 광산을

찾아보세요.

안토니오.   오, 전 보잘 것 없는 존재입니다.

공작부인. 당신은 자신의 가치를 알리는 데 서툴렀죠.

자신의 가치를 어둡게 하는 것은 상인들이 도시에서

사용하는 방식과는 같지 않아요. 그들의 희미한 불빛은

싸구려 물품을 속이기 위한 것이지요.[20] 제 말을

들어보세요. 아부가 아니에요. 만약 당신이 완벽한

남자를 알고 싶다면 눈을 돌려 당신 자신을 보세요.

안토니오. 천국도 지옥도 없다 하더라도,

전 정직해야 합니다. 전 오랫동안 미덕을 섬겨왔고,

그에 대한 대가를 받은 적이 없습니다.

공작부인. 이제 그 대가를 받는 겁니다. 높은 신분으로 태어난

우리 같은 사람들의 비극은 아무도 감히 우리에게

구애하지 않기 때문에 직접 구애를 해야 한다는 거지요.

그리고 폭군이 이중의 뜻을 가진 말을 사용하여

무서울 정도로 모호하게 만드는 것처럼, 우리도

우리의 격렬한 열정을 수수께끼나 꿈같이 모호하게

표현해야만 하고, 실제로 아닌 것은 결코 그럴 듯하게

보이지 않도록 하는 단순한 미덕의 길을 버려야만 하지요.

가세요, 가서 당신이 제 애정을 냉혹하게 거절했다고

자랑하세요. 제 마음은 당신 가슴 속에 있어요.

거기에서 사랑이 증식되기를 바라겠어요. 당신 떠는군요.

날 사랑하는 것보다 두려워하여 당신 심장을

그렇게 죽은 고기 덩어리로 만들지 마세요.

안토니오님, 확신을 가지세요.

무엇 때문에 그렇게 혼란스러워 하세요? 이건 살과 피예요.

전 남편의 무덤 앞에 무릎 꿇고 있는 석고상으로

만들어진 존재가 아니라구요. 정신 차리세요, 안토니오!

전 여기에서 허례허식을 모두 버리고 당신을 남편으로

---

20) 도시의 상인들을 자신들의 상품이 가진 흠이 보이지 않도록 일부러
진열대의 조명을 어둡게 한다.

청하는 젊은 과부의 모습으로만 있는 거예요. 과부처럼
별로 부끄러워하지도 않으면서 말이에요.

안토니오. 제 진심을 말씀드리겠습니다. 전 그대의 훌륭하신
이름을 섬기는 성실한 신전으로 남겠습니다.

공작부인. 고마워요, 나의 사랑,
그리고 당신이 내게 빚진 상태로 와서는 안 되기 때문에,
지금은 나의 집사이므로, 여기 당신 입술 위에 당신의
채무를 해제하는 표시를 합니다. (그에게 키스한다)
이걸 당신이 간청했어야 했는데.
나는 아이들이 종종 사탕을 너무 빨리 먹어치우는 것이
걱정돼서 이렇게 먹는 것을 본 적이 있어요.

안토니오. 하지만 오라버니들은 어떻게 하지요?

공작부인. 그들 생각은 하지마세요.
이 경계선21) 밖에 있는 모든 불화는
두려워할 것이 아니라 측은하게 여겨야 해요.
하지만 그들이 알게 된다 하더라도, 시간이
그 폭풍을 쉽게 흩트려버릴 거예요.

안토니오. 이 말들과 그대가 말씀하신 모든 내용들은
모두 내가 했어야 할 것들입니다. 그 중 일부가
아첨하는 느낌을 주지만 않는다면 말입니다.

공작부인. 무릎을 꿇으세요. (카리올라 커튼 뒤에서 나온다)

안토니오. 아니?

공작부인. 놀라지 마세요. 이 여자는 나의 조언자예요.
전 두 사람이 참석한 가운데 말로써 맺은 언약이

---

21) 두 사람이 서로 포옹하고 있는 것으로 여겨진다.

진정한 결혼이라고 변호사들이 말하는 것을 들었어요.

(그들은 무릎 꿇는다)

하늘이여, 이 성스러운 고디어스의 매듭[22]을 폭력이 결코
풀 수 없도록 축복해 주소서.

안토니오. 그리고 우리의 달콤한 애정이 하늘의 별들처럼
끊임없이 움직이기를.

공작부인. 활발하게 움직여

조용한 음악을 만들어 내기를.

안토니오. 평화로운 결혼의 상징이고
암수가 서로 떨어져서는 결코 열매를 맺지 못하는
사랑스런 야자수 나무를 본받게 하소서.

공작부인. 교회에서 하는 게 뭐가 더 있을까요?

안토니오. 기쁘거나 슬프거나, 운명이
우리의 굳은 소망을 깨트리는 일이
없게 하소서.

공작부인. 교회에서 이보다 더 단단히 묶어줄 수 있을까?
우린 이제 남편과 아내이고, 교회는 이것을 되풀이해
줄 뿐이지요. 카리올라, 자리 좀 비켜다오.
전 이제 장님[23]이예요.

안토니오. 그건 무슨 말씀이시오?

---

22) 프리기아(Phrygia)의 왕 고디어스(Gordius)는 자신이 왕으로 뽑혔을
때 자신의 마차를 끄는 황소의 멍에에 매듭을 매었다. 신탁은 이 매
듭을 푸는 자가 아시아를 지배할 것이라고 선언하였다. 알렉산더 대
왕은 이 매듭을 칼로 끊어버렸다.

23) 행운의 여신은 눈이 멀었다고 한다. 공작부인은 자신이 행운의 여신
처럼 눈이 멀었다고 말하는 것이다.

공작부인. 전 당신이 운명의 손을 이끌어

우리의 결혼 침대로 가기를 원해요.

당신이 저 대신 말하는 거예요. 우린 이제 한 몸이니까요.

우린 함께 눕고, 함께 말하고, 저의 변덕스런 오빠들을

달래기 위한 계획을 세울 거예요. 그리고 만약 당신이

괜찮으시다면, 옛 이야기, '알렉산더와 로도윅'24)에서처럼

우리 사이에 칼을 놓고 순결을 지키자구요.

오, 당신의 가슴 속에 제 부끄러움을 숨기게 해주세요.

그것이 제 모든 비밀의 보고이니까요.

                              (공작부인과 안토니오 모두 퇴장)

카리올라. 마님께는 영웅의 기개가 더 많은지 여성다움이

더 많은지 모르겠어. 하지만 거기엔 무서운 광기가

있어. 마님이 정말 불쌍해.   (퇴장)

---

24) 알렉산더와 로도윅의 이야기는 *Flying Fame: The Two Faithful Friends* 라는 민요에 등장하는데, 알렉산더와 로도윅은 서로 너무 닮아 두 사람을 따로 구분할 수 없을 정도였다. 로도윅은 알렉산더의 이름으로 헝가리 공주와 결혼하였는데, 친구를 욕되게 하지 않기 위해 밤마다 자신과 공주 사이에 칼을 놓고 누워 순결을 지켰다고 한다.

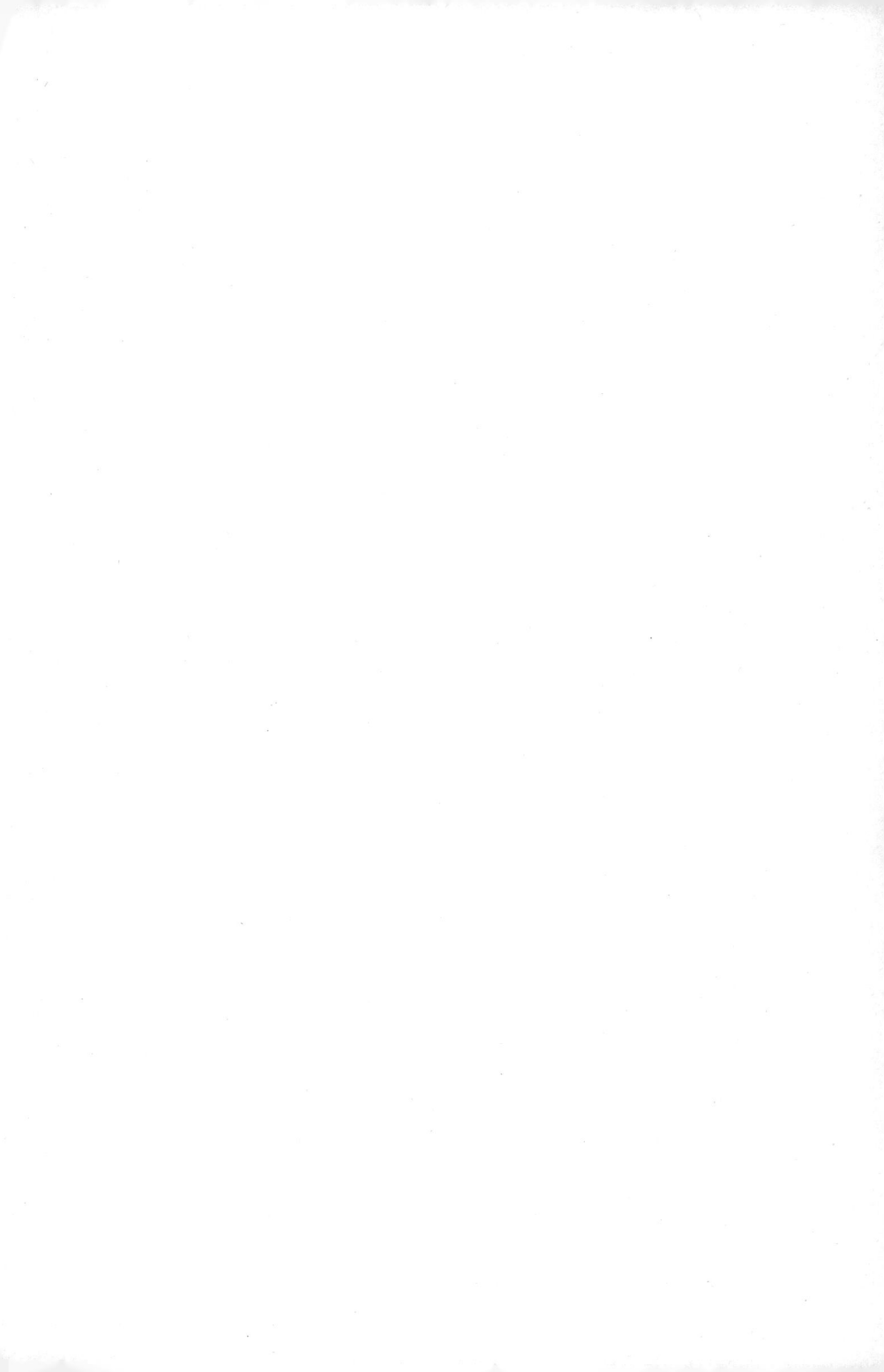

제 2 막

<제 1 장>

(보솔라와 카스트루키오 등장)

보솔라. 나리께선 유명한 궁정 법률가로 인정받고 싶다고 그러셨지요?

카스트루키오. 그게 바로 내 야망의 표적일세.

보솔라. 글쎄요. 나리께서는 이미 법률가로서 훌륭한 얼굴을 갖추고 계십니다. 그리고 나리의 궁정 모자는 나리의 귀가 충분히 크다는 것을 말해주는 군요. 제가 목에 매는 밴드의 끈을 우아하게 돌리는 법을 배우게 해 드리죠. 그리고 법정 연설에서 기억을 되살리기 위해 매번 말씀 끝에 서너 번 헛기침을 하거나, 또는 다시 생각이 떠오를 때까지 코를 푸는 것도요. 범죄 사건에서 판사가 되시거든, 나리께서 죄수에게 미소를 지으시는 경우에는 그를 교수형 시키고, 죄수에게 인상을 쓰고 겁을 주시게 되면 그 자가 반드시 교수형을 면하도록 해주십시오.

카스트루키오. 난 매우 쾌활한 판사가 될 걸세.

보솔라. 밤중에는 식사하지 마세요. 그러면 훌륭한 지혜를 얻게 되실 겁니다.

카스트루키오. 그렇게 하면 나는 오히려 내 배와 한 판 붙어야 할 정도로 식욕이 왕성해 질 걸세. 어린 개구쟁이들이 고기를 적게 먹으면 매우 용감해진다고들 하는 것처럼 말이야. 그런데 사람들이 나를 탁월한 법률가로 여기는지 아닌지 어떻게 하면 알 수 있을까?

보솔라. 그걸 알 수 있는 기술을 가르쳐드리지요. 나리께서 죽어
간다고 알려보세요. 그리고 만약 사람들이 나리를 욕하는 것을 들
으면, 나리께서는 필연코 훌륭한 법률가로 알려지신 겁니다.

(늙은 부인 등장)

화장하다 온 겁니까?

늙은 부인. 뭘 하고 왔다고?

보솔라. 아, 그 천박한 얼굴 화장 말이요. 화장하지 않은 당신을
보는 것은 거의 기적에 가깝죠. 얼굴 여기에 이것들은 깊게 패인
홈과 더러운 자국들이었잖아요. 프랑스에서는 천연두를 앓았던 한
여자가 얼굴을 더 반반하게 만들기 위해 얼굴 가죽을 벗겨냈대요.
그런데 그 여자가 얼굴을 벗겨내기 전에는 육두구 강판[25]처럼 보
였는데, 벗겨낸 후에는 발육이 덜된 고슴도치를 닮았더래요.

늙은 부인. 이걸 화장이라고 부르는 건가?

보솔라. 아니, 아니에요. 단지 또 한번의 출항을 위해서 늙고 추
한 여자를 수리하는 거지요. 당신의 화장 방식에 잘 어울리는 거
친 표현들이 있지요.

늙은 부인. 마치 내 방을 잘 아는 것처럼 말하는군.

보솔라. 사람들은 거기에서 뱀의 기름, 뱀의 알, 유대인의 침, 그
리고 어린 아이들의 배설물을 발견하고, 당신 방을 마녀의 가게일
지도 모른다고 생각하겠지요. 그런데 이 모든 것이 다 얼굴에 바
르는 것이란 말이오. 난 단식중인 여자와 키스하느니 차라리 흑사
병에 걸린 사람의 발바닥에서 잡은 죽은 비둘기 고기를 먹을 것

---

25) 원어로는 nutmeg-grater이다. nutmeg은 향료, 또는 약용으로 쓰이는
갈색의 육두구 씨앗인데 이를 강판에 갈아서 사용한다.

이오. 여기 두 분이 계시지만, 두 분의 젊은 시절 방탕의 죄악은
바로 의사의 재산이 되어, 봄이 되면 융단을 새로 깔게 해주고 잎
이 떨어지는 가을이면 고급 창녀를 새로 맞아들이게 해주는 거지
요. 난 당신들이 스스로에게 진저리를 내지 않는 것이 정말 이상
해요. 이제 내 생각을 좀 들어보시오.

인간의 외모가 그렇게 애지중지할 가치가
있는 것인가요? 만약 자연이 팔다리가 인간을 닮은
망아지, 어린 양, 새끼 사슴, 혹은 염소를
만들어낸다면, 우리는 그걸 불길하게 여기고
그로부터 피하려 하지요.
인간은 자신을 제외한 어떤 다른 피조물에서
기형적인 것을 보면 놀라워한다는 말이오.
하지만 우리 자신의 육체 속에는
전염성 늑대라든가 돼지 홍역과 같은
짐승들에게서 진짜 이름들을 따온 질병들을 달고 다니고,
이나 벌레들이 먹어치우고 끊임없이 우리 주변에
썩고 죽어가는 육체를 달고 다니면서도, 우리는
화려한 천 속에 그것을 감추는 것을 좋아하지요.
우리가 제일 두려워하는 것은, 아니 우리가 제일
끔찍하게 여기는 것은 의사가 우리 몸을
땅 속에 처넣어 분해 되게 하는 것이오.
나리의 부인은 로마로 갔으니, 두 분께서도
루카 온천으로나 가서 통증을 치료하시지요.[26]

---

26) 루카의 온천은 몬테카티니(Montecatini) 근처에 있는 미네랄 온천으
로서 예나 지금이나 병의 치유에 효과가 있는 것으로 알려져있다.

(카스트루키오와 늙은 부인 퇴장)

　　　　　　　난 해야 할 다른 일이 있어. 공작부인이

　　　　　　　여러 날 아프단 말이야. 구토를 하고, 배가 아프고,

　　　　　　　눈꺼풀은 푸른빛이 짙어지는 것 같고,

　　　　　　　뺨은 홀쭉해지고, 옆구리 살은 오르고,

　　　　　　　이태리 유행에 어울리지 않게

　　　　　　　헐렁한 긴 옷을 걸친단 말이야. 여기엔 뭔가 있어!

　　　　　　　그 이유를 찾아낼 술책이 하나 있지.

　　　　　　　예쁜 것인데, 봄에 처음 나온

　　　　　　　살구를 좀 샀거든.

　　　　　　　(안토니오와 델리오가 한쪽에서 말하면서 등장)

델리오.　결혼한 지 그렇게 오래 되었단 말인가?

　　　　　　　정말 놀랍군.

안토니오.　　　　제발 입을 영원히 봉하게나.

　　　　　　　만약 이 말이 자네에게서 다른 사람들에게

　　　　　　　알려질 수 있다고 생각되면, 난 자네가 살아있지

　　　　　　　않기를 바랄 테니까.

　　　　　　　[보솔라에게] 아, 명상에 잠겨 계십니까?

　　　　　　　위대한 현인이라도 되려고 공부하고 있는 중이오?

보솔라.　오, 지혜로운 의견은 사람의 몸에 온통 피어오르는 악성 피부병이랍니다. 만약 단순함이 우리에게 악을 막아준다면, 단순함은 우리를 행복한 삶으로 인도해 주지요. 가장 어리석은 행위도 가장 영민한 지혜에서 나오니까요. 전 단순히 정직하고자 합니다.

안토니오.　당신 마음이 이해가 가는군.

보솔라.　그러십니까?

안토니오. 당신은 세상 사람들에게 승진으로 인해 자만해 있는 것처럼 보이지 않으려고 계속해서 이 유행지난 우울함을 보이는 거요. 그만두시오, 그만둬.

보솔라. 어떤 표현이나 어떤 칭찬에도 제가 솔직하게 해주세요. 제 속마음을 고백해 볼까요? 전 오르지 못할 나무는 쳐다보지도 않습니다. 날개 달린 말들을 타는 건 신들이지요. 법률가의 느린 노새가 제 성격이나 일에도 적당할 겁니다. 사람의 마음이 말이 달리는 것보다 더 빨리 달리지만, 둘 다 빨리 지치지요.

안토니오. 당신은 하늘을 올려다보곤 했지만, 난 당신의 생각 속에 공중에서 권세 잡은 악마가 지배한다고 생각하오.

보솔라. 오, 집사님, 당신은 공작부인의 오른팔이고 떠오르는 별의 주인이시겠지요. 죽은 공작은 당신의 친 사촌이었겠죠. 이보세요, 당신은 페핀 왕[27]의 후손이거나 왕 자신이겠지요, 이건 어떻습니까? 세계에서 가장 큰 강의 원천을 찾아보세요. 그저 물거품만 찾게 될 겁니다. 어떤 사람들은 군주들의 영혼은 천한 사람들의 영혼보다 더 중요한 이유를 가지고 태어난다고 생각하지만, 그들은 속은 겁니다. 똑같은 손이 그들을 창조한 겁니다. 똑같은 열정이 그들을 지배하고, 십일조 때문에 교구 목사가 법적 조치를 취해 이웃을 파멸시키는 똑같은 이유가 교구 전체를 약탈하게 만들고 대포로 훌륭한 도시들을 무너뜨리는 것이지요.

(공작부인이 수행원들과 시녀들을 데리고 등장)

---

27) 교황령을 세운 프랑크의 왕국의 왕이며 샤를마뉴(Charlemagne) 대제의 아버지로서 768년에 사망하였다. 『하얀 악마』에서 웹스터는 그를 알렉산더나 시저와 같은 위대한 통치자의 반열에 올려놓았다.

공작부인. 부축해 주세요. 안토니오. 내가 살찌지 않았어요?

지나치게 숨이 차군요. 보솔라.

가마를 좀 준비해 주세요.

플로렌스 공작부인이 탔던 그런 가마로요.

보솔라. 그 가마는 공작부인이 임신했을 때 사용한 것이었는데요.

공작부인. 그런 걸로 알고 있어요. (늙은 부인에게) 이리 와서 내 주름 깃을 고쳐주오. 이리로. 어서 오지 못해? 당신은 정말 느려터진 여자야. 그리고 당신 입에서는 레몬 껍질 냄새가 나는군. 빨리 좀 끝내시오! 그대 손가락 밑에서 내가 기절이라도 할까? 갑갑증 때문에 몹시 짜증이 나네.

보솔라. (방백) 너무 심하게 짜증내시네.

공작부인. 프랑스 궁정인들은 왕 앞에서 모자를 쓴다고 당신이 말하는 걸 들은 적이 있어요.

안토니오. 그런 광경을 보았습니다.

공작부인. 왕의 면전에서 말인가요?

안토니오. 그렇습니다.

공작부인. 우린 왜 그런 유행을 따르지 않지요? 펠트 모자를 벗도록 하는 것은 의무라기보다는 하나의 의식이지요. 당신이 우리 궁정 사람들에게 본보기가 되어 보세요.

우선 모자를 써 보세요.

안토니오. 절 용서해 주셔야겠습니다.

저는 프랑스보다 더 추운 나라에서도 귀족들이 군주 앞에서 모자를 벗은 채 서 있는 것을 보았습니다.

제 생각에는 그런 행동이 공손하게 보였습니다.

보솔라. 마님께 드릴 선물이 있습니다.

공작부인.   내게?

보솔라. 살구입니다, 마님.

공작부인.   오, 그게 어디 있어요?

올해엔 아직 나왔다는 소식이 없는데.

보솔라. (방백) 좋아, 부인의 혈색이 도는군.

공작부인. (살구를 받으면서) 정말 고마워요. 아주 먹음직스러운

살구네요.

우리 정원사는 어찌나 기술이 없는지!

이번 달엔 아무 것도 먹지 못할 거예요. (살구를 먹는다)

보솔라. 껍질을 벗기지 않으실 겁니까?

공작부인. 아니, 됐어요. 사향 맛이 나는 것 같군. 정말 그래.

보솔라. 전 모르겠습니다. 하지만 껍질을 벗겨 드셨으면 좋겠습니다.

공작부인. 왜 그러지요?

보솔라.   말씀드리는 걸 잊었는데,

정원사 놈이 열매를 더 빨리 얻으려는 일념으로

말똥을 비료로 썼답니다.

공작부인.   오, 농담이겠지!

(안토니오에게) 당신이 판단해 보세요. 한번 맛을 보세요.

안토니오. 마님, 사실 전

과일을 별로 좋아하지 않습니다.

공작부인.   이보세요, 당신은

내게서 맛있는 것을 빼앗고 싶지 않은

거군요. (보솔라에게) 이건 참 맛있는 과일이네요.

이것들이 원기를 회복시켜준다고도 하지요.

보솔라. 이렇게 접목시키는 것은
정말이지 훌륭한 예술입니다.

공작부인. 그렇지요. 자연을 더 좋게 개량하는 거죠.

보솔라. 피핀종의 사과를 돌능금 위에 접목시켜 자라게 하고
검은 가시나무 위에 서양 어얏나무를 자라게 하지요.
(방백) 정말 게걸스럽게 먹는군!
한 차례의 회오리바람이 스커트를 부풀리는 속 버팀을
떼어내고, 저 헐렁한 긴 옷만 없다면,
그녀의 뱃속에서 즐겁게 뛰놀고 있는 어린놈을
분명히 밝혀냈을 텐데.

공작부인. 고마워요, 보솔라. 정말 좋은 열매였어요.
그런데 그걸 먹으니 속이 불편하네요.

안토니오.   어쩐 일이십니까, 마님?

공작부인. 이 설익은 과일과 나의 위장이 서로 맞지가 않네요.
과일 때문에 속이 부풀어 올라요!

보솔라. (방백) 아니, 벌써 너무 많이 부풀어 있는걸.

공작부인. 오, 식은땀이 너무 많이 나고 있어!

보솔라. 정말 죄송합니다.

공작부인. 내 방에 불을 밝혀라. 오, 안토니오,
잘못될까봐 두려워요.   (퇴장)

델리오. 불을 밝혀라, 불을!

                 (안토니오와 델리오를 제외하고 모두 퇴장)

안토니오. 오 내가 가장 신뢰하는 델리오, 어찌할지 모르겠네!
산고가 시작된 것 같아. 그런데 그녀를

　　　　　　　　　　이동시킬 시간이 없어.

델리오.　　　　　　　　　　　　　그녀를 도울 시녀들을
　　　　　준비시키고, 공작부인이 미리 계획한 산파를
　　　　　안전하게 데려오도록 준비했는가?

안토니오.　준비해 두었네.

델리오.　　　　　　　　　　그럼 이 갑작스런 상황을 이용하게.
　　　　　보솔라가 이 살구 열매로 공작부인에게 독을 먹였다고
　　　　　소문을 퍼뜨리게. 그것이 그녀의 비밀을 감추는
　　　　　구실을 만들어 줄 걸세.

안토니오.　　　　　　　　　　말도 안돼, 그럼
　　　　　의사들이 그녀에게 떼 지어 몰려들 걸세.

델리오.　그 점에 대해선 자네가
　　　　　의사들이 그녀를 다시 독살하지 않도록
　　　　　그녀가 상비용 해독제를 사용할 것이라고 둘러대게나.

안토니오.　놀라서 어찌할 바를 모르겠군. 뭘 생각해야 할지도
　　　　　모르겠어.　　　　　　　　　　　　(모두 퇴장)

<제 2 장>

(보솔라 등장)

보솔라. 그래, 그래. 그녀가 과민반응을 보이고 살구를 게걸스럽게 먹는 것은 임신을 했다는 분명한 증거임이 틀림없어.

(늙은 부인이 등장한다)

지금 웬일이죠?

늙은 부인. 난 지금 바빠.

보솔라. 유리공장[28]을 미치도록 보고 싶어 하던 젊은 시녀가 있었지요.

늙은 부인. 아니, 제발 날 보내주게.

보솔라. 그녀는 단지 어떤 이상한 기구가 유리를 여자의 배처럼 부풀어 오르게 할 수 있는지 알고 싶었던 것뿐이었지요.

늙은 부인. 유리 공장에 대해선 더 이상 듣고 싶지 않아. 당신은 아직도 여자들을 모독하고 있구먼.

보솔라. 누구, 내가요? 아니지요, 전 단지 때때로 여자들의 나약함에 대해 말하는 것뿐입니다. 오렌지 나무는 잘 익고 싱싱한 열매를 맺음과 동시에 꽃도 피우지요. 어떤 여자들은 순수한 사랑을 위해 쾌락을 누리지만, 더 많은 여자들이 더 비싼 보상을 위해 그짓을 하지요. 생기 넘치는 봄은 냄새를 잘 맡지만, 시들어가는 가

---

28) 블랙프라이어즈(Blackfriars) 극장 근처에는 실제로 병을 만드는 유리 공장(glass-house)이 있었다.

을은 맛을 잘 보지요. 만약 우리 남자들이 주피터 신의 시대에 내렸던 황금비를 갖고 있다면, 당신들은 여전히 똑같은 다나에[29]의 모습으로 황금비를 받으려고 무릎을 들어올리겠지요. 수학 공부를 한 적이 없습니까?

늙은 부인. 그게 뭔데?

보솔라. 저런, 여러 개의 선이 하나의 중심에서 만나게 하는 기술을 아는 것이지요. 가세요, 가. 당신의 수양딸들에게 좋은 충고를 해 주시구려. 악마는 시간이 어떻게 지나는지 식별할 수 없는 나쁜 녹슨 시계처럼 여자의 허리띠에 매달리는 걸 즐거워한다고 전해 주시지요.   (늙은 부인 퇴장)

            (안토니오, 델리오, 로더리고, 그리솔란 등장)

안토니오. 궁정의 문들을 닫으시오.

로더리고.   왜 그러시죠? 무슨 위험이 있습니까?

안토니오. 뒷문들을 즉시 닫고 궁정의 모든 관리인들을
       불러 모으시오.

그리솔란.   즉시 그렇게 하겠습니다.

안토니오. 공원 문 열쇠는 누가 갖고 있습니까?

로더리고. 포로보스코입니다.

안토니오.   그에게 열쇠를 즉시 가져오라고 하시오.
       (그리솔란이 관리인들과 함께 등장)

첫 번째 관리인. 오, 궁중에 계신 여러분, 가증스런 반역입니다!

보솔라. (방백) 만약 그 살구들이 나도 모르는 사이에

---

29) 로마 신화에서 주피터 신은 황금비로 변해 갇혀있는 다나에를 찾아간
   다. 이 일화는 전통적으로 돈에 약한 여성의 타락상을 묘사하는 비유
   로 사용되어 왔다.

독이 묻혀있었다면!

첫 번째 관리인. 공작부인의 침실에는 지금 한 스위스 용병이 붙잡혀 있습니다.

두 번째 관리인. 스위스 용병이라고요?

첫 번째 관리인. 바지 앞주머니30)에는 권총을 넣고 있었지요.

보솔라. 하, 하, 하!

첫 번째 관리인. 그 바지 앞주머니가 권총 주머니였어요.

두 번째 관리인. 교활한 배신자가 있었어요. 누가 그의 바지 주머니를 뒤져 보았겠어요?

첫 번째 관리인. 맞아요, 그 자를 여자들의 방에 얼씬거리지 못하게 했더라면 좋았을 것을. 단추들이 모두 납으로 만든 탄환이었어요.

두 번째 관리인. 오, 사악한 야만족 같으니! 바지 주머니에 총을 넣다니!

첫 번째 관리인. 내 목숨을 걸고 말하는데 이건 프랑스인들의 음모였어요.

두 번째 관리인. 악마가 무슨 짓을 하는지 보게 되다니!

안토니오. 관리인들은 모두 모였습니까?

관리인들. 그렇습니다.

안토니오. 여러분, 여러분도 알다시피

　　　　우린 그동안 많은 재물을 잃어버렸습니다.

　　　　오늘 저녁에만 해도 4천 더컷의 가치를 지닌 보석들이

---

30) 15-16세기에 남자 바지의 앞에 불룩한 부분을 가리키는 단어 codpiece를 바지 앞주머니로 해석했다. 이 표현은 권총이 남성의 성기를 가리키는 음탕한 표현으로 들렸기 때문에 보솔라가 웃는 것이다.

공작부인의 장롱에서 사라졌습니다.

문들은 모두 닫았습니까?

관리인들.   예.

안토니오. 공작부인께서는 동이 틀 때까지

모든 관리인들을 각자의 방에 가두고

그들 모두의 금고와 바깥문의 열쇠들을

부인의 침실로 제출하기를 원하십니다.

부인께서는 매우 편찮으십니다.

로더리고. 부인 뜻대로 따르겠습니다.

안토니오. 부인께서는 여러분이 이걸 나쁘게 받아들이지 않기를

바라십니다. 죄 없는 사람은 더욱 떳떳할 것입니다.

보솔라. 장작 관리인 여러분, 스우스 용병은 지금 어디 있소?

첫 번째 관리인. 이 손에 두고 맹세코, 그건 분명히 부엌데기 중

한 놈이 알려준 것이었죠.

             (안토니오와 델리오를 제외하고 모두 퇴장)

델리오. 공작부인께서는 어떠신가?

안토니오.   부인께선

고통과 두려움이 최악의 상태일세.

델리오. 그녀를 편안하게 안정시켜 주게.

안토니오. 나 자신을 위험에 빠트리는 어리석은 짓을 하다니!

여보게, 자넨 오늘밤에 토마로 서둘러 가주게.

내 생명이 자네에게 달려있네.

델리오. 날 믿게.

안토니오. 아직은 멀리 있는 것 같지만, 어떤 위험이 다가오는 것

같은 두려운 생각이 드네.

델리오.   내 말을 믿게나.

그건 자네 두려움의 그림자에 불과할 뿐 그 이상은 아닐세.

우린 얼마나 미신에 사로잡혀 불행을 생각하는지!

소금을 버린다든가, 산토끼를 우연히 만난다거나,

코피를 흘린다거나, 말이 넘어진다거나,

혹은 귀뚜라미가 운다거나 하는 것이

우리를 결단을 나약하게 만드는 힘이 있지.

잘 있게나. 축복받은 아버지의 기쁨을 누리길 바라네.

그리고 나의 우정은 자네 가슴 속에 변함이 없네.

오랜 친구는 오랜 칼처럼 가장 믿을 수 있는 것일세.

(퇴장)

(카리올라 등장)

카리올라.   안토니오님, 아드님을 갖게 되셨네요.

부인께서 아드님의 소식을 전하시래요.

안토니오.   참으로 축복된 위안이로다!

제발 그녀를 잘 보살펴주시오. 난 즉시 아이의

탄생을 위한 별점을 치러 가겠소.

(모두 퇴장)

<제 3 장>

(보솔라가 빛을 가린 호롱 등을 들고 등장)

보솔라. 분명히 여자의 비명소리를 들었는데. 잘 들어보자, 응?
내 귀가 정확하다면. 그 소리가 공작부인의 거처에서
들렸거든. 궁정인들을 모두 각자의 방에 감금시킨 것은
뭔가 계략이 있어. 나도 좀 알아야겠어.
그렇지 않으면 내 사고력이 죽어버릴 테니까 말이야.
다시 들린다! 이건 침묵과 고독의 절친한 친구인
우울한 새, 부엉이가 우는 소리 같군.
(안토니오 등장)
아니, 안토니오?

안토니오. 무슨 소리가 들렸어. 거기 누구요? 당신 누구요?
말을 하시오.

보솔라. 안토니오님? 얼굴과 몸짓에서 그렇게 경직된 두려운
표현을 짓지 마십시오.
전 그대의 친구, 보솔라입니다.

안토니오. 보솔라!
(방백) 이 두더지가 날 파멸시키려 하는군.
(그에게) 방금 무슨 소리를 듣지 못했소?

보솔라. 어느 쪽에서 말입니까?

안토니오. 공작부인의 거처 쪽에서 말이오.

보솔라.　난 못 들었습니다. 안토니오님은 들었습니까?

안토니오.　들었소, 아니면 내가 꿈을 꾸었던가.

보솔라.　그쪽을 향해 걸어가 봅시다.

안토니오.　　　　　　　　　　　아니오, 그냥 바람 부는
소리였겠지.

보솔라.　　　　　　　그럴 수도 있지요.
날씨가 매우 차가운 것 같은데, 땀을 흘리시는군요.
좀 흥분하신 것 같군요.

안토니오.　　　　　　　　난 공작부인의 보석 행방을
찾기 위해서 별점을 치고 있는 중이었소.

보솔라.　아, 질문은 어떤 것입니까?
점괘는 나왔습니까?

안토니오.　그게 당신과 무슨 상관이오?
오히려 모든 사람들이 자신의 거처에 머무르도록
명령을 받았는데도, 무슨 생각으로 한 밤중에 돌아다녔는지
대답해야 할 것이오.

보솔라.　　　　　　　　　사실대로 말씀드리자면,
지금 궁정 사람들이 모두 잠들어 있기 때문에, 악마가
이곳에서는 별로 할 일이 없다고 생각했기 때문에, 전
기도를 하러 왔습니다. 그리고 만약 제 행동에 기분이
상하셨다면 집사님은 아주 예민한 분이시군요.

안토니오.　(방백)　이 작자가 날 파멸시킬 거야.
(그에게) 당신은 오늘 공작부인께 살구를 드렸소.
그것들이 독 살구가 아니었기를 바라오.

보솔라.　독 살구라구요? 그런 비방을 하는 자는

엿 먹으라지!

안토니오.   배신자들은 발각되기 전까지는
항상 뻔뻔스럽지. 게다가 보석들도 도난당했어.
내 생각으론, 당신보다 더 의심스러운 사람은
없어.

보솔라.   당신은 불성실한 집사군요.

안토니오.   뻔뻔스러운 놈! 내가 널 뿌리째 뽑아내겠다.

보솔라.   아마 파멸이 당신을 산산조각 낼 것이오.

안토니오.   이것 봐, 당신은 정말이지 무례한 독사로군.
이제 좀 따뜻해졌다 싶으니까 독이빨을 드러내시는가?
잘도 모욕을 하는군.

보솔라.   아니요, 모욕을 그대로 적어보시죠.
내가 거기에 서명을 할 테니까.[31]

안토니오.   (방백)   코피가 나는군.
우연히 코피가 나게 되면, 미신을 믿는 사람들은
이것을 불길한 징조로 여기지.
내 이름으로 작성된 두 통의 편지가
피에 젖어 버렸어! 단순한 우연에 불과해.
(보솔라에게) 그대는 명령에 따르라. 아침이 되면
당신은 안전할거야. (방백) 그녀가 안에 누워있다는
사실을 숨겨야 하니까 어쩔 수 없어. (그에게) 그러나
이 문을 통과할 순 없다. 그대의 혐의가 풀릴 때까지는
그대가 공작부인 거처에 가까이 가는 것은 적합하다고

---

31) 보솔라는 자신이 모욕한 사실을 부인하지 않고, 오히려 그것을 공개
할 테면 해보라고 주장함으로써 혐의를 부정하고 있다.

생각지 않아. (방백) 수치를 피하려고 수치스러운 방법을
사용할 때는 고귀한 자들도 천한 자들과 비슷하군.

> 아니, 그들은 똑같아.[32]

> (퇴장)

보솔라. 안토니오가 이 근처에 종이를 떨어뜨렸어.
좀 도와줘, 못난 친구야.[33] 오, 여기 있다!
이게 뭐야? 아이의 출생을 점괘로 예측한 것이잖아!
(읽는다) *공작부인께서 밤 12시와 새벽 1시 사이에 아들
을 낳으셨다. 기원 후 1504년, 올 해로군. 12월 19일, 바로 오늘 밤
이로군. 말피의 가문에서 태어남. 우리 공작부인이 맞군. 드디어
알아냈어! 수좌성은 단명의 전조가 되고 용좌의 꼬리와 합쳐진
화성은 난폭한 죽음을 위협한다. 나머지는 아직 밝혀지지 않는다.*
그래, 이젠 확실해졌어. 이 꼼꼼한 친구는
공작부인의 포주로구먼. 내가 원하는 것을 얻었어.
이것이 바로 우리 궁정인들을 꼼짝 못하게
묶어두는 정보꾸러미라는 거지! 분명히 내가 공작부인을
독살하려 했다는 죄목으로 감금당하는 일이
꾸며지겠군. 난 모르는 척하면서 비웃어줄 것이다.
지금 아이의 아버지가 누군지 알 수만 있다면! 하지만
시간이 지나면 그것도 드러날 것이다. 늙은 카스트루키오가
아침에 로마로 가지. 그 사람 편에 그녀 오빠들의 쓸개즙이
넘쳐 간으로 들어가지 못할 편지를 보내야겠다.

---

32) 안토니오는 자신이 결혼을 통해서 신분이 상승된 것을 후회하고 있는
　　것으로 여겨진다.
33) 호롱불에게 하는 말이다

훌륭한 방법이었어!
욕정은 결코 눈에 띄지 않는 방식으로 위장을 하고,
공작부인은 종종 재치가 있지만, 내겐 어림도 없지.
(퇴장)

<제 4 장>

(추기경과 줄리아 등장)

추기경. 앉으시오. 그대는 내가 가장 바라는 소망이오. 부탁이니,
　　　　남편도 없이 로마로 오기위해 어떤 속임수를
　　　　생각해 냈는지 말해주시오.

줄리아.　　　　　　　　　　　　　있잖아요. 추기경님, 전
　　　　남편에게 이곳에 있는 나이든 은둔자를 방문하여
　　　　예배를 드리러 간다고 둘러대었어요.

추기경.　　　　　　　　　　　　　재치 있게 거짓말도 잘하는군.
　　　　내 말은 당신 남편에게 말이오.

줄리아. 추기경님은 저의 굳은 신념을 뛰어넘도록 절
　　　　설득하셨지요. 이제 와서 추기경님의 마음이
　　　　변했다고 생각하고 싶지 않아요.

추기경. 그렇게 스스로를 자학하지 마시오.
　　　　그건 당신 자신의 죄책감에서 기인하는
　　　　것이오.

줄리아.　　　무슨 말씀이시죠?

추기경.　　　　　　　　　　　당신은 자신이 스스로
　　　　현기증이 날 정도로 심한 변절을 경험했기 때문에
　　　　나의 성실함을 의심하는 것이오.

줄리아. 제가 그런 것을 보신 적이 있나요?

추기경.   솔직히 말해, 여자들은 대개 그렇소.
　　　　　남자는 유리를 틀에 넣어 고정하기 전에
　　　　　최대한 늘려 보려고 애를 쓴다오.

줄리아.   그래서요.

추기경.　아무래도 변함없는 정절을 지닌 여성을 찾으려면
　　　　　우리는 플로렌스인 갈릴레오가 발명한 그 놀라운
　　　　　유리34)를 빌려서 달나라에 있는 또 다른 세계를
　　　　　찾아보아야만 할 거요.

줄리아.　아주 좋은 생각이시군요.

추기경.   왜 우는 거요?
　　　　　결백을 증명하는 눈물인가? 부인은 똑같은 눈물을
　　　　　남편의 가슴에 안겨서 흘릴 것이오, 세상 그 무엇보다도
　　　　　그를 사랑한다고 큰 소리로 외치면서 말이오. 이리 오시오.
　　　　　난 당신이 나를 오쟁이지울 수 없다고 확신하기 때문에
　　　　　현명하게, 물론 조심스럽게 당신을 사랑할 것이오.

줄리아.　전 남편에게 돌아가겠어요.

추기경.　내게 감사히 여기시오, 부인.
　　　　　난 당신이 우울해 있을 때 당신을 구해주었고,
　　　　　내 손 위에 올려놓고, 먹잇감을 보여주었으며,
　　　　　자유롭게 날게 해 주었소. 청컨대 내게 키스해 주시오.
　　　　　남편과 함께 있을 때, 당신은 마치 길들여진 코끼리처럼
　　　　　보였소. 아직도 당신은 내게 감사해야 할 거요. 당신은

---

34) 망원경을 가리킨다. 갈릴레오의 망원경은 작품의 배경이 되는 1500년
　　초보다 약 100년 후에 발명된 것이지만, 웹스터의 관객들에게는 망원
　　경이 큰 화젯거리였다.

남편에게서 입맞춤을 받고, 좋은 음식을 먹었을 뿐이오.
하지만 그게 무슨 즐거움을 준단 말이오? 그건 현금을
조금 연주할 수는 있지만 조율을 할 수는 없는 것과
마찬가지요. 아직도 당신은 내게 감사해야 할 거요.

줄리아. 추기경님께서 제게 처음 구애하셨을 땐, 가슴 속에 아픈
상처와 병든 간에 대해 말씀하셨죠. 그리고
마치 의사의 보살핌을 받는 분처럼 얘기하셨지요.

추기경.   그게 누구요?
염려 말고 편히 쉬시오. 그대에 대한 나의 애정은
번개도 그보다는 느리게 움직일 것이니까 말이오.

                     (하인 등장)

하인. 부인, 말피에서 온 한 신사분이
부인을 만나고자 합니다.

추기경. 들여보내라. 난 물러나 있겠다. (퇴장)

하인. 부인 남편인 늙은 카스트루키오께서 로마에
소식을 가지고 급히 오느라고 완전히 지친 상태로
도착했다고 하더군요.

                     (델리오 등장)

줄리아. (방백) 델리오! 예전에 내게 구혼했던 사람 중 하나야.

델리오. 용기를 내어 부인을 만나러 왔습니다.

줄리아. 잘 오셨어요.

델리오. 여기에 머무르시나요?

줄리아.   물론이지요. 경험하신 걸로는
이해가 안 되실 거예요. 우리 로마의 주교님들은
숙녀들에게 거처를 제공하지는 않으니까요.

델리오. 그렇군요.

전 부인의 남편으로부터 추천장을 가져오지는 못했습니다.

그를 통해서 알게 된 사람이 없어서 말입니다.

줄리아. 남편이 로마에 왔다고 들었는데요?

델리오. 난 지금까지 서로 그렇게 지친 인간과 짐승,

말과 기사를 본 적이 없습니다. 만약 그가 훌륭한 등을

갖고 있었다면, 말을 등에 지고 운반했을 텐데.

그는 궁둥이가 너무나 심하게 아픈 모양입니다.

줄리아. 당신의 비웃음은 제게 연민을 불러일으키네요.

델리오. 부인, 부인께서 돈을 원하는지 잘 모르지만,

부인께 돈을 좀 가져왔습니다.　　　(돈을 준다)

줄리아. 남편이 보낸 거예요?

델리오.　　　　　　　아니죠. 내 돈입니다.

줄리아. 그 돈을 받기 전에 먼저 조건을 들어야겠어요.

델리오. 한번 보세요. 금화예요. 색깔이 훌륭하지 않아요?

줄리아. 전 더 아름다운 새를 가지고 있어요.

델리오. 그럼 소리를 한 번 들어보세요.

줄리아. 현금의 소리가 그보다 훨씬 낫지요.

캐시아[35]나 사향과 같은 냄새도 없고,

약효가 있는 것도 아니지요. 물론 어떤 어리석은

의사들은 그걸 국에 넣고 끓여보라고 하지만요.

말씀드리지만, 이걸 기른 사람은--

---

35) 성경에도 등장하고, 시인들 가운데 버질(Virgil)과 오비드(Ovid)의 작
품에도 등장하는 이 열등한 종류의 계피는 굉장한 향기를 지닌 식물
로 시에서 인용되곤 했다.

（하인 등장）

하인. 남편께서 도착하셔서,

칼라브리아 공작님께 편지를 전달하셨는데,

제 생각으론 그 편지가 공작님을 격분케 하셨나봅니다. （퇴장）

줄리아. 들으셨죠.

제발 가능한 간단하게 용건과 청을

말해 주세요.

델리오.　　　　　　속히 말씀드리죠. 전 부인이

남편과 함께 지내지 않는 시간에는

저의 정부가 되어주기를 바랍니다.

줄리아. 남편에게 가서 제가 그래도 되는지 물어보고 나서

즉시 답변을 해 드리죠.　　　　　　　　　　（퇴장）

델리오.　　　　　　　　아주 훌륭해!

이렇게 말하는 것은 그녀의 기지 때문일까, 아니면

정조 때문일까? 공작이 말피에서 온 편지 때문에

굉장히 화가 났다고 들었는데.

안토니오가 배신당한 것이 아닌지 걱정스럽군.

이제야 그의 야망이 얼마나 두려운 것인지 알겠구나!

불행한 행운이여!

최후의 결과를 보기도 전에 행동을 판단하는 자들은

소용돌이 한가운데를 뚫고 지나가 깊은 고뇌를 비껴가는

법이지. （퇴장）

<제 5 장>

(추기경과 퍼디난드가 편지를 들고 등장)

퍼디난드. 난 오늘 밤 맨드레이크36)를 캐냈습니다.

추기경.   뭐라구?

퍼디난드. 그리고 그 때문에 제가 제정신이 아닙니다.

추기경. 무슨 일이 있었지?

퍼디난드. 이걸 읽어보세요, 저주받을 누이 같으니!

       어떤 놈에게나 몸을 허락해 유명한 매춘부가 되었어요.

추기경.   목소리를 낮춰.

퍼디난드.   낮추라고요?

       놈들은 지금 그걸 속삭이는 게 아니라, 하인 놈들이

       주인의 하사금을 알리는 것처럼 큰소리로 떠들어대고

       있어요. 누가 저희들을 주목하는지 알아보려고 탐욕스런

       눈으로 살펴보고 있단 말입니다. 오, 그년이 혼란에 사로

       잡히기를! 그년에게는 도움을 주는 교활한 포주 놈이

       있었어요. 도시를 지키는 요새보다도 더 안전하게

       욕정을 채웠다니까요.

---

36) 흰 독말풀이라고 알려져 있는 독초의 뿌리. 마취 성분과 구토 성분
   때문에 의약품으로 공식적으로 사용되었다. 사람들은 이 독초와 관련
   하여 많은 이상한 믿음들을 갖고 있었는데, 이 독초가 사람의 피를
   먹고 자라며, 땅에서 뽑을 때 비명을 지르며, 이 소리를 들은 사람들
   을 미치게 만든다고 여겨졌다.

추기경.   이럴 수가?

　　　　　이게 확실한거야?

퍼디난드.   루밥[37], 오, 루밥으로

　　　　　이 담즙[38]을 정화시켜주기를! 내 기억을 자극하는

　　　　　저주스런 날이 이 안에 있고, 내가 그년의 피 흘리는

　　　　　가슴을 스펀지 삼아 그걸 지워버릴 때까지

　　　　　그 기억은 없어지지 않으리라.

추기경.   왜 이렇게 성난 태풍처럼

　　　　　화를 내는 거냐?

퍼디난드.   그년이 자신의 명예를 더럽혔듯이

　　　　　나도 그년의 궁전을 그년의 귀에 던져버리고,

　　　　　그년의 훌륭한 숲을 뿌리째 뽑고, 초원을 날려버리고,

　　　　　그년의 모든 영지를 황폐하게 만들어버릴 수 있다면

　　　　　좋겠습니다.

추기경.   우리의 혈통, 아라곤과 카스틸 왕가의 혈통이

　　　　　이렇게 더럽혀질 수 있단 말인가?

퍼디난드.   극약처방을 하세요.

　　　　　우리는 지금 향유를 사용해서는 안 되고, 불을 사용하여

　　　　　흡각 유리[39]를 가열시켜야 해요. 왜냐하면 그것이

　　　　　그년의 피처럼 더러워진 피를 정화시키는 방법입니다.

　　　　　내 눈에는 동정심이 있지만,

---

37) 성마른 기질을 치료하는 처방이 루밥, 즉 대황풀이었다.

38) 웹스터 당대에 잘 알려진 사람의 성격을 형성하는 4가지 기질 가운데
　　하나로서 담즙질은 쉽게 화를 내는 성마른 기질에 속한다.

39) 수술용 기구로서 엄청난 열을 가하면 진공 상태가 되며, 그 다음에는
　　피를 뽑아내는데 사용한다.

손수건으로 닦아낼 것이고, 그 손수건이
여기 있으니, 그년의 사생아에게 이것을
물려줄 것입니다.

추기경.   뭐하려고?

퍼디난드. 글쎄, 내가 그년을 난도질해서 조각내 버렸을 때,
어미의 상처를 덮어줄 부드러운 천으로 사용하라지요.

추기경. 저주스런 것 같으니!
불공평한 자연이여, 여자들의 심장을
그렇게 멀리 왼쪽에 놓다니!40)

퍼디난드.   여자처럼 하찮고 나약한
큰고랭이나무로 만든 작은 배에 자신들의 명예를 맡기는
어리석은 남자들은 언제든지 물에 빠지고 말지요!

추기경. 그처럼 무지해서야, 명예를 구입하기는 해도,
그것을 사용할 수가 없는 법이야.

퍼디난드. 그년이 웃는 게 보이는 것 같군요.
훌륭한 하이에나야! 내게 뭐든지 빨리 말 좀 해다오.
그렇지 않으면 내 상상력으로 그년이 수치스런
죄악을 행하는 것을 볼 것 같아.

추기경. 누구와 말이냐?

퍼디난드. 아마도 어떤 허벅지가 튼튼한 사공이거나,
아니면 무거운 해머를 던질 수 있거나 혹은
몽둥이를 던질 수 있는 숲지기 놈이겠지요.

---

40) 왼쪽은 전통적으로 불운, 속임수, 그리고 열정과 연관되는 나쁜 쪽으로 간주되었기 때문에 종종 여성의 심장이 남성보다 왼쪽에 있다고 여겨졌다.

그렇지 않으면 그년의 거처까지 석탄을
나르는 귀여운 종자 놈이겠지요.

추기경. 이성을 잃었구나.

퍼디난드.   기다려라, 더러운 계집!
나의 거친 욕정을 달래줄 것은 창녀의 젖이 아니라
너 같은 창녀의 피란 말이다.

추기경. 이렇게 어리석게도 분노를 보이다니. 이런 분노는
마녀들에 의해 공중으로 운반된 자들처럼, 널
격렬한 회오리바람에 휘말리게 할 거야. 이런 과도한 괴성은
다른 사람들이 모두 자기들처럼 장애가 있다고 생각하고
크게 소리 질러 말하는 귀머거리들의 시끄러운 얘기와
다를 바 없는 거야.

퍼디난드.   형님은 저처럼 마비가 오지 않았습니까?

추기경.   그래, 나도 화를 낼 수 있지. 그러나
이처럼 격분하지는 않아. 무절제한 분노처럼 인간을
기형적으로, 야만적으로 만드는 것은 없다. 스스로
반성하게. 자신의 강한 휴식의 욕망을 단지 불안과
스스로를 학대하는 것을 통해서 표현하지 않는 사람들이
많이 있다네. 자, 이제 좀 진정해라.

퍼디난드. 그러면, 저는 저 자신이 아닌 것처럼 보이도록
연구해야겠군요. 저는 지금 형님이나 제 안에 있는
그년을 죽이고 싶어요. 그년 때문에 하늘의
보복을 피할 수 없는 어떤 죄악이 우리 안에
있다고 생각하기 때문입니다.

추기경. 너 아주 미쳤느냐?

퍼디난드.   연놈의 시체를 구멍이 막힌 탄갱에서
                    불태워버리게 할 거요. 연놈의 저주스런 연기가 하늘로
                    올라가지 못하게 말이요. 아니면 그들이 함께 누운
                    이불을 송진이나 유황에 적신 다음에 연놈을 그걸로
                    둘둘 말은 다음에 성냥처럼 불을 붙여버릴 거요.
                    그렇지 않으면 연놈의 사생아를 넣고 국을 끓여
                    더러운 육체의 죄악을 새롭게 하라고 그 음탕한
                    아버지 놈에게 주는 거지.[41]

추기경.   난 가겠다.

퍼디난드.   아니, 난 결심했소.
                    내 확언하는데, 비록 내가 저주받아 지옥에 있다 하더라도
                    이 소식을 들었다면, 식은땀을 줄줄 흘렸을 것입니다.
                    들어갑시다, 들어가. 잠자리에 들어야겠어요.
                    어떤 놈이 내 누이에게 달라붙었는지 알 때까지는 손을
                    쓰지 않겠어요. 일단 누군지 알게 되면, 난 내 채찍에 매달
                    전갈[42]을 찾아 그년을 완전히 요절을 낼 것입니다.

                                        (둘 다 퇴장)

---

41) 그리스 신화에 의하면 아트레우스(Atreus)는 타이스테스(Thyestes)에
    게 자기 자식을 넣고 끓인 국을 마시게 하였다.
42) 채찍 끝에 "전갈," 즉 뾰죽한 쇳덩이나 납을 달아서 맞는 사람의 피
    부에 닿을 때 살갗을 파내는 것은 가혹한 형벌을 의미하는 비유이다.

제 3 막

<제 1 장>

(안토니오와 델리오 등장)

안토니오. 내 고결한 친구, 사랑스런 델리오!
오, 자네를 오랫동안 궁정에서 보지 못했네.
퍼디난드 공작과 함께 왔나?

델리오. 그렇다네. 그런데 자네의 공작부인은 잘 지내시는가?

안토니오. 아주 잘 지낸다네. 그녀는 혈통을 훌륭하게
이어나가고 있네. 자네가 그녀를 마지막으로 본 후로
두 아이를 더 가졌네. 아들 하나, 딸 하나일세.

델리오. 엊그제 일만 같군. 잠깐 눈을 감고 자네 얼굴을
보지 않았는데, 자네 얼굴이 좀더 마르게 보이네만,
정말이지 30분도 안되는 동안 꿈을 꾼 것만
같군.

안토니오. 여보게, 자넨 소송을 겪지도 않았고,
감옥에 있지도 않았고, 궁정의 탄원자도 아니고,
높은 신분으로의 복귀를 청하지도 않았으며,
늙은 아내 때문에 곤란을 겪지도 않았는데,
왜 그렇게 시간이 부지불식간에 지나갔다고 그러나.

델리오. 이보게, 말 좀 해보게.
이 소식이 아직 추기경의 귀에 들어가지는
않았나?

안토니오.　　　　　그랬을까봐 두렵네.

최근에 궁정에 온 퍼디난드 공작이

실로 위험스럽게 행동한다네.

델리오.　　　　　　　　　　뭐라고. 왜지?

안토니오.　그가 너무나 잠잠해서 겨울에 산쥐가 그러는 것처럼

폭풍우를 잠재워 놓고 있는 것 같다네.

귀신들린 집들도 악마가 활동하기 전까지는

너무나 조용하지 않는가.

델리오.　사람들은 뭐라고 말하는가?

안토니오.　대놓고 그녀가 창녀라고

말하지.

델리오.　그리고 자네의 사려 깊은 두뇌에 대해서는

그들이 뭐라고 비난하던가?

안토니오.　그들은 내가 딴 주머니를 차서 막대한 부자가 됐다고

생각하지. 그리고 공작부인이 할 수만 있으면 그걸

바로 잡을 거라고 생각해. 왜냐하면 사람들은 말하기를

위대한 군주들은 부하들이 자기들 밑에서 부자가 될 수

있는 그런 엄청나고 막대한 수단을 갖는 것을 몹시

싫어하지만, 자신들이 사람들 눈에 역겹게 보이지

않도록 하기 위해서 불평을 하지 않는다고들 하거든.

사람들은 그녀와 나 사이에 있는 사랑이나

결혼의 의무에 대해서는 꿈도 꾸지 못한다네.

　　　　　　(퍼디난드와 공작부인 등장)

델리오.　퍼디난드 공작이 잠자리에

드는군.

퍼디난드.   피곤하니 즉시 잠자리에
          들어야겠어. 누이를 위해 남편감을
          준비할 생각이야.

공작부인.   날 위해서요? 말해주세요. 그게 누군데요?

퍼디난드. 훌륭한 말라테스테 백작이지.

공작부인.   그 사람은 말도 안돼.
          백작이라고? 그 사람은 사탕 막대기 같은 사람이에요.
          그 사람을 잘 조사해 보세요. 내가 남편감을 선택할 때는
          오라버니의 명예에 걸맞게 결혼할 거예요.

퍼디난드. 어련히 잘 하겠지. 어떻게 지내는가, 충직한
          안토니오?

공작부인. 하지만, 오라버니, 제 명예와 관련해서
          퍼져있는 수치스런 소문에 대해 오라버니와 조용히
          상의를 하고 싶어요.

퍼디난드.   그런 말은 개의치 않겠어.
          군주의 궁정에서 좀처럼 근절되지 않는
          파스킬[43]의 풍자시나 궁중 비방, 그리고
          유해한 소문들일 뿐이지. 하지만 설혹 그것이
          사실이라고 한다면, 내가 분명히 말하지만, 내 확고한
          사랑은 누이의 잘못을 강력하게 변명하고, 정상을
          참작하고, 아니 부인할 거야. 그 잘못들이 명백하다
          할지라도 말이야. 가서 누이 자신이 순결한 만큼

---

43) 1501년 로마에서 발견된 수족이 절단된 동상에 붙여진 이름이며, 나
    보나 광장 근처에 세워졌다. 성 마가의 날에 이 동상 위에 풍자적인
    시를 새기는 것이 관습이 되었다.

편안히 지내.

공작부인. (방백) 오, 참으로 다행이야!

이 치명적인 위기는 해결되었군.

(퍼디난드를 제외하고 모두 퇴장)

퍼디난드. 그녀의 죄가 뜨겁게 달군

낫 위를 걷고 있군.[44]

(보솔라 등장)

자, 보솔라,

얼마나 알아내었느냐?

보솔라. 나리, 확실치는 않지만,

그녀가 사생아 셋을 낳았다는 소문이 있습니다. 하지만

아비가 누구인지 알려면 별점을 쳐 볼 수밖에 없겠습니다.

퍼디난드. 흠, 어떤 자들은 만사가 거기에 쓰여 있다고

생각하지.

보솔라. 그렇습니다. 만약 우리가 그걸 읽을 수 있는 안경을 찾을 수

있다면 말이죠. 전 누군가가 공작부인에게 어떤 마법을

사용한 것이 아닌가 하는 의심이 듭니다.

퍼디난드. 마법이라고! 무슨 목적으로?

보솔라. 그녀가 인정하고 싶지 않은 어떤 쓸모없는 놈에게

그녀를 맹목적으로 빠지게 하기 위해서지요.

퍼디난드. 그렇다면 넌 약이나 주문 속에

우리의 의지와 상관없이 우리를 사랑하게

만드는 힘이 있다는 걸 믿는단 말이냐?

---

44) 중세 시대에 순결을 의심받는 여성이 자신의 순결을 증명하려면 맨발
로 불에 달구어진 낫 위를 걸어가야 했다.

보솔라. 물론이지요.

퍼디난드. 물러가라! 이것들은 우리를 속이기 위해서
　　　　어떤 사기꾼 놈이 꾸민 속임수이고 무서운
　　　　음모이다. 식물이나 주문이 의지를 지배할 수
　　　　있다고 생각하느냐? 이 어리석은 실험이 몇 번
　　　　시도되었지만, 그 성분은 환자를 서서히 미치게
　　　　만드는 힘을 가진 은밀한 독약이었다. 실험 대상들이
　　　　제 정신이 아닐 때, 마녀는 즉시 그들이 사랑에
　　　　빠졌다고 맹세하지. 마법은 그년의 천한 피에 있어.
　　　　오늘 밤 난 그년에게서 자백을 받아낼 것이다.
　　　　너 이틀 전에 그녀의 침실을 열 수 있는 다른 열쇠를
　　　　구했다고 말했지.

보솔라.　　　　　그렇습니다.

퍼디난드.　　　　　　내가 원하는 대로 되어가는군.

보솔라. 어떻게 하실 작정이십니까?

퍼디난드.　　　　　추측할 수 있겠느냐?

보솔라.　　　　　　　아니오.

퍼디난드. 그럼 묻지 마라.
　　　　날 이해하고 내 생각을 알 수 있는 자는
　　　　온 세상을 두루 섭렵하고 세상에 있는
　　　　모든 모래 늪을 탐사했다고 말할 수 있을 것이다.

보솔라.　　　　　　전 그렇게 생각하지
　　　　않습니다.

퍼디난드. 그럼 넌 어떻게 생각하지?

보솔라.　　　　　　나리는 자신의 이야기에

너무 빠져서, 심한 허풍을 떠는 것이죠.

퍼디난드. 네 손을 잡게 해 다오. 고맙다.

난 너를 만나기 전까지는 아첨꾼들 외에는

후원금을 준 적이 없었다. 잘 있거라.

위대한 자가 가진 모든 결점을 비판하는 소신을 가진 자가

그의 파멸을 막아주는 친구라고 할 수 있거든.   (퇴장)

<제 2 장>

(공작부인, 안토니오, 그리고 카리올라 등장)

공작부인. 그 상자를 이리로 가져오너라. 그리고 그 거울도.
당신은 오늘 밤 여기에서 주무시지 않는 거지요.

안토니오. 실은 누군가를 설득해야만 합니다.

공작부인.   아주 좋아요.
조만간 남편들이 모자를 손에 들고 무릎을 꿇은 채로
아내에게 하룻밤만 자게 해달라고 청하는 것이
관습이 되기를 바래요.

안토니오. 난 여기에서 자야겠소.

공작부인.   자야겠다구요? 당신은 연회의 주인이군요.

안토니오. 나의 지배는 밤뿐이지 않소.

공작부인. 절 어떻게 하실 거지요?

안토니오.   함께 자는 거지요.

공작부인. 아, 두 연인이 누워서 잠만 자면 어떤 즐거움을 찾을
수 있죠?

카리올라. 주인님, 제가 마님 곁에서 자주 자 봐서 아는데요. 마님은
결코 주인님을 가만 내버려두지 않을 거예요.

안토니오. 보세요, 그대도 비난받는군요.

카리올라. 마님은 대자로 쭉 뻗어 주무시거든요.

안토니오. 그런 이유라면 난 마님을 더 좋아해야겠는 걸.

카리올라. 주인님, 뭘 하나 여쭤 봐도 될까요?

안토니오. 말해보아라, 카리올라.

카리올라. 마님과 함께 주무실 때면 왜 그렇게 항상
일찍 일어나시는 거죠?

안토니오. 카리올라, 노동을 하는 사람들은 자주
시계를 보고, 일이 끝났을 때
즐거워하지.

공작부인. 　　　　　당신 입을 막아버리겠어요.

　　　　　　　　　　(그에게 키스한다)

안토니오. 아니, 아직 안 끝났소. 비너스에겐 자신의 마차를 끄는
두 마리의 비둘기가 있었소. 다른 한 마리도 가져야겠소.
(그녀에게 키스한다)
카리올라, 넌 언제 결혼할 거지?

카리올라. 　　　　　　　전 결혼하지 않을 거예요.

안토니오. 오, 독신 생활은 안돼! 그런 생각은 버려!
우린 다프네45)가 그녀의 어리석은 도주 때문에 어떻게
열매 없는 월계수로 변해버렸고, 시링크46)는 창백하고
속이 빈 갈대로 변해버렸으며, 아낙사레테47)는 차가운
대리석으로 변해버렸는지 읽고 있잖아. 반면에

---

45) 그리스 로마 신화에서 사랑에 빠진 아폴로(Apollo)가 뒤 쫓아오자, 다
　　프네(Daphne)는 도망치면서 신들의 도움을 청해 월계수 나무로 변하
　　였다. 아폴로는 그 후로 모든 나무들 중에서 월계수를 가장 사랑하
　　였다.
46) 사랑에 빠진 팬(Pan)에게 쫓긴 시링크(Syrinx)는 강물에 몸을 던졌고,
　　한 그루 갈대로 변하였다. 팬은 갈대로 피리를 만들어 불었다.
47) 이피스(Iphis)는 사모하던 아낙사레테(Anaxarete)의 문 앞에서 목을
　　매어 죽었고, 비너스는 냉정한 그녀를 돌로 만들어 버렸다.

결혼한 자들이나 연인에게 친절한 자들은
자비로운 은총에 의해 올리브나 석류48), 뽕나무로
변했고, 꽃이나 보석, 혹은 빛나는 성좌가 되었지.

카리올라. 그건 허황된 문학에 불과해요. 하지만 말해 보세요.
만약 지혜와 부와 아름다움을 각각 지닌 세 사람의
젊은이가 제게 청혼을 한다면 누굴 선택해야 하지요?

안토니오. 그건 어려운 질문이군. 그 선택은 파리스의 경우였지.
그는 분별력을 잃었었지. 그리고 거기엔 이유가 있었어.
요염한 세 여신이 완전한 나체의 모습으로 눈앞에
나타났으니, 어떻게 그가 올바른 판단을 할 수
있었겠어? 그건 유럽의 가장 엄격한 현자의
판단력도 흐릴 수 있는 광경이었지.49)
그나저나 아름다운 두 사람의 얼굴을 바라보니
묻고 싶은 게 하나 떠오르는군.

카리올라. 그게 뭐죠?

안토니오.   왜 못생긴 여인들은 대개
자기보다 더 못생긴 시녀들을 데리고 다니면서
아름다운 여인들을 보면 참지 못하는지 궁금해.

공작부인. 오, 그건 곧 대답해 드리지요.

---

48) 올리브나 석류는 유명한 변신 신화와는 관련이 없다. 뽕나무 열매는 티
스비(Thisbe)가 죽은 것으로 잘못 알고 자살한 피라무스(Pyramus)의
피로 붉게 물들었다.

49) 그리스 신화에 의하면 미모 경쟁을 하던 세 여신, 즉 결혼의 여신 헤
라(Hera), 지혜의 여신 아테나(Athena), 사랑의 여신 아프로디테
(Aphrodite)가 트로이 왕자 파리스 앞에 나타나 가장 아름다운 여신
을 선택하도록 하였으며, 이 사건이 트로이 전쟁의 원인이 되었다.

지금까지 실력 없는 화가가 훌륭한 화가의

가게 옆에서 살고 싶어 하는 것을 본 적이

있나요? 그건 그 사람의 체면을 손상시키고

그를 파멸시킬 거예요. 그런데 우리가 이렇게

즐거웠던 적이 있었나요? 내 머리가 헝클어졌네.

안토니오. (카리올라에게 방백) 카리올라, 방에서 몰래 나가

마님이 혼잣말을 하게 놔두자.

마님이 극도로 화가 나셨을 때, 내가 여러 번

그렇게 한 적이 있지. 난 화를 내는 마님을

보는 걸 좋아한단다. 조용히, 카리올라.

(카리올라와 함께 퇴장)

공작부인. 내 머리 색깔이 변하기 시작하지 않아요?

내가 백발이 되면, 난 궁정 사람들 모두 머리에

붓꽃 가루를 뿌리게 할 거예요. 나처럼 되게 말이에요.

당신은 날 사랑할 명분이 있어요. 당신이 열쇠를 요청하기

전에 내가 당신을 내 가슴 속에 받아들였기 때문이죠.

(뒤에서 퍼디난드 등장)

언젠가는 오빠들이 당신을 불시에 습격하도록 내버려둬

요.

지금 궁정에 있는 오라버니 때문에 당신은 방에만

틀어박혀 있어야한다고 생각해요. 하지만 두려움이 가미된

사랑이 가장 달콤하다고 그러잖아요. 분명히 말씀드리지만,

제 오빠들이 당신 아이들의 대부가 되는 걸 동의하기

전까지는 더 이상 아이를 갖지 않을 거예요.

어째 말이 없으시죠? (몸을 돌려 퍼디난드를

발견한다)

잘 되었군요.

알아 두세요. 절 죽이시든 살리시든

둘 다 군주답게 받아들이겠어요.

(퍼디난드가 그녀에게 단검을 준다)

퍼디난드. 그럼 죽어라, 빨리!

미덕이여, 어디로 숨었느냐? 어떤 극악무도한 것이

널 사라지게 했단 말이냐?

공작부인.   제발 내 말을 들어보세요!

퍼디난드. 아니면 너는 이름뿐이고 실체가

없다는 것이 사실이냐?

공작부인   오라버니,

퍼디난드.   입 다물어라.

공작부인.   알았어요. 오라버니

말을 듣기 위해 제 영혼을 온통 귀에 집중시킬게요.

퍼디난드. 오, 우리가 막을 수 없는 것을 예견하여

우리를 이토록 불행하게 만드는 인간 이성의

불완전함이여! 너 원하는 대로 하고

그 안에서 영광을 누려라. 수치를 느끼지 않는 방법은

뻔뻔스러워지는 것뿐이지.

공작부인. 제발 제 말 좀 들어보세요. 전 결혼했어요.

퍼디난드.   그래서.

공작부인. 아마 오라버니께서는 싫어하시겠지만,

슬프게도, 오라버니의 가위는 이미 날아가 버린

새의 날개를 자르려고 하시니 너무 늦었어요.

제 남편을 보시겠어요?

퍼디난드.　　　　　　　　　　그래, 내가 바실리스크[50]와 눈을
　　　　바꿀 수만 있다면.

공작부인.　　　　　　　오라버니는 그 분과 짜고
　　　　이곳에 오신 것이 분명해요.

퍼디난드. 늑대의 울부짖는 소리도 부엉이 같은 네년의
　　　　비명소리에 비하면 음악소리다. 쉿, 조용히 해!
　　　　내 누이를 농락한 놈이 어떤 놈인지는 몰라도,
　　　　내 말을 듣고 있다고 생각하는데, 널 위해서
　　　　널 모르는 척 해주마. 난 네놈을 찾아내려고
　　　　이곳에 왔지만, 그건 우리 둘 다를 파멸시킬
　　　　폭력을 낳을 거라는 생각이 드는군. 난 오랜 세월동안
　　　　네 놈을 보지 않기를 바란다. 그러니 내가 너의 이름을
　　　　알지 못하도록 모든 수단을 다 동원해라.
　　　　그 조건으로 너의 욕망과 비참한 삶을
　　　　즐기도록 해라. 그리고 너, 이 나쁜 년,
　　　　만약 네 정부가 네년의 품속에서 늙어가기를
　　　　바란다면, 은둔자들이 좀더 경건하게 지내기 위해
　　　　사용하는 그런 방을 그에게 지어주기를
　　　　바란다. 죽을 때까지 그 놈에게
　　　　햇빛이 비치지 않게 해라. 개와 원숭이만
　　　　그 놈과 대화하게 해라. 그 놈의 이름을 부를 능력을
　　　　자연이 부여하지 않은 그런 벙어리들만 말이다.
　　　　앵무새는 기르지 마라. 앵무새가 그 놈의 이름을 배우지

---

50) 눈빛만으로 사람을 죽일 수 있다고 알려져 있는 전설적인 파충류

않도록 말이다. 만약 네가 그 놈을 사랑한다면,

그 놈을 발설하지 않도록 네 혀를 잘라버려라.

공작부인. 내가 결혼하면 왜 안 되죠?

내가 결혼했다고 해서 새로운 세상이나 새로운 관습을

만들어 낸 것은 아니잖아요.

퍼디난드.   넌 끝장이야.

넌 네 남편의 뼈를 숨긴 무거운 납판을

구해서, 그것을 내 가슴에 올려놓았어.

공작부인. 내 가슴은 그것 때문에 피를 흘립니다.

퍼디난드.   네 가슴이라고?

그걸 뭐라고 불러야 할까? 인화성 물질로 가득 찬

속이 빈 탄환이라고 밖엔 할 수 없구나.

공작부인.   이 일에 있어서

오라버니는 너무 엄격해요. 제 오라버니만 아니라면,

전 너무 성격이 급하다고 말하고 싶어요. 제 명예는

안전해요.

퍼디난드. 넌 명예가 무엇인지 아느냐?

내가 말해주지. 그걸 교훈삼아 배우기에는 이미

너무 늦어버렸기 때문에 별로 소용도 없겠지만.

옛날 옛적에 명예, 사랑, 그리고 죽음이 온 세상을

함께 여행을 하곤 했어. 그리고 그들은 서로 헤어져

각자 다른 길을 가기로 결정을 내렸지.

죽음은 친구들에게 대 전투나 흑사병이 도는

도시에서 자신을 찾을 수 있을 거라고 말했어.

사랑은 지참금 이야기를 하지 않는 욕심 없는 목동들

사이에서나, 때때로 돌아가신 부모님이 아무 것도
남기지 않은 형제들 사이에서 자신을 찾으라고
친구들에게 말을 했지. "잠깐" 하고 명예가 말했어.
"날 버리지 말게. 난 내가 만난 누구든지 한 번
그 사람과 헤어지면 다시는 날 찾을 수가 없는
것이 내 속성 일세" 그런데 너에 대해 말한다면,
넌 명예와 악수를 했어.
그리고 그를 보이지 않게 만들었지. 그러니 잘 있거라.
널 더 이상 보지 않을 것이다.

공작부인.　세상의 모든 다른 군주들 중에
왜 나만 신성한 유골처럼
감싸여 있어야 하나요? 내겐 젊음과
약간의 아름다움이 있어요.

퍼디난드.　　　　　　　　　　그래 처녀들이란 모두
마녀들뿐이겠지. 난 널 다시는 보지 않을 것이다. (퇴장)
(안토니오가 권총을 들고 카리올라와 함께 등장)

공작부인.　당신 이 환영을 보았어요?

안토니오.　　　　　　　　그래요, 우린 속았소.
그가 어떻게 여기에 왔단 말이오? 이 권총을 너에게
겨눠야겠다.

카리올라.　　　　　제발 그렇게 하세요. 그래서
주인님께서 제 가슴을 쪼갰을 때, 거기에서
저의 결백함을 발견하시도록 하세요.

공작부인.　　　　　　　오빠는 저 회랑을 통해 들어왔어요.

안토니오.　이 끔찍한 작자가 다시 올 것으로 생각하오.

내가 방비를 하고 서 있다가 나의 정당한 사랑을
얘기해 줄 수 있을 것이오.   (공작부인이 단검을
보여준다)

앗! 이건 뭐요?

공작부인. 오빠가 내게 이걸 주고 갔어요.

안토니오.   그 칼을 그대 자신에게
사용하기를 바라는 겁니까?

공작부인.   그의 행동으로 보면
그걸 의도한 것 같았어요.

안토니오.   이 칼은 칼날뿐만 아니라 손잡이도
있군요. 칼을 그에게 돌리세요. 그리고 날카로운
칼끝을 그의 야비한 가슴에 박으세요.

                         (안에서 노크소리)

아니 이런! 누구지? 아직도 지진이 남아 있나?

공작부인. 전 지금 발밑에 터질 준비가 되어 있는
지뢰를 밟고 서 있어요.

카리올라.   보솔라예요.

공작부인.   어서 가세요!
오 비참해라! 이런 가면과 휘장으로 가려야 하는 것들은
부정한 행동들이지 우리들이 아니라고 생각하는데.
당신은 즉시 여기를 피하셔야 해요. 제가 이미 준비를
                    해두었어요. (안토니오 퇴장)

           (보솔라 등장)

보솔라. 오라버니이신 공작님께서 격노하셔서
말을 타고 로마로 떠나셨습니다.

공작부인.   이렇게 늦은 시각에?

보솔라.   말안장에 오르시면서 마님께서는 끝장이라고
          제게 말씀하셨습니다.

공작부인.   정말이지. 곧 그렇게 되겠네요.

보솔라.   무슨 일이십니까?

공작부인.   우리 집의 집사장인 안토니오가
          회계처리에서 날 속였어요.
          오라버니께서는 어떤 나폴리 유태인들에게서 빌린
          돈 때문에 제게 화가 나신 거예요.
          안토니오 때문에 오라버니가 돈을 잃게 된 거죠.

보솔라.   희한하군요!   (방백) 교활하군.

공작부인.   그래서 그 때문에
          나폴리에서 오라버니의 약속 어음이 부도가 난 거예요.
          관리인들을 불러 모으세요.

보솔라.   그렇게 하겠습니다.   (퇴장)

                    (안토니오 등장)

공작부인.   당신이 도피해야 할 곳은 앙꼬나예요. 그곳에서
          집을 한 채 빌리세요. 당신이 떠난 후에 내 보물과
          보석들을 보내겠어요. 위험에 처한 우리의 안전이
          아슬아슬한 바퀴에 의지해 달리고 있어요. 짧은 음절들은
          문장의 종결을 나타내야 해요. 이제 나는 당신을
          타소가 '고귀한 거짓말[51])이라고 부르는 그런 가짜 범죄로

---

51) 타소(Tasso)의 작품 『구원받은 예루살렘』(*Jerusalem Delivered*)(1576-93)
    에서 소프리나(Soprina)는 기독교인들에 대한 대규모 박해를 막기 위해
    서 이슬람 사원에서 성모 마리아 상을 빼냈다는 비난을 받는다. 그러나

고발해야만 해요. 그 방법만이 우리의 명예를 보호해

줄 테니까요. 헉! 그들이

오고 있어요.

　　　　　　　　(보솔라와 관리인들 등장)

안토니오.　마님 제 말씀 좀 들어보시겠어요?[52]

공작부인.　당신 덕분에 잘 지냈군요! 당신은 내게

엄청난 손실을 끼쳤어요. 당신의 집사 직에 대한

사람들의 비난을 내가 받게 생겼어요.

당신은 회계 감사 시간에는 내가 영수증에

서명할 때까지 몸이 아프다는 속임수를 썼고,

서명이 끝나면 의사 도움도 없이 나았죠.

여러분, 나는 이 사람이 여러분 모두에게 본보기가

되기를 바랍니다. 그래서 여러분이 나의 신뢰를

얻기를 바랍니다. 이 사람은 여러분이 생각조차

하지 못할 그런 짓을 저질렀고, 나는 그를

추방할 작정입니다. 물론 이것을 세상 사람들에게

알리려는 건 아닙니다.

어딘가 다른 곳에서 당신의 삶을 개척하세요.

안토니오.　저는 사람들이 일반적으로 힘든 한 해를 참아내듯이

저의 파멸을 견뎌낼 준비가 되어 있습니다.

그 원인을 탓하지는 않겠지만, 나의 심술궂은

숙명 때문에 이런 일이 생긴 것이지,

이는 작품의 배경이 되는 시대보다 훨씬 후의 일이다.

52) 안토니오는 사람들이 다가오자 자신의 결백을 증명하려는 듯한 연극
을 시작하는 것이다.

운명의 변덕 때문은 아닙니다. 오 변덕스럽고
썩어빠진 하인의 직분이여! 여러분도 알게 될 겁니다.
그것은 겨울밤에 불에서 떨어지는 것이 싫어서
꺼져가는 불 위에서 꾸벅거리며 길게 잠이 들지만,
처음 앉았을 때처럼 추위에 떨며 거기로부터
떨어지는 사람과 같습니다.

공작부인.   우린 당신의 설명을
철저하게 확인해서 당신이 가진 모든 것을
몰수 하겠어요.

안토니오. 전 전적으로 마님의 소유물입니다. 그러니 제가 가진 것도
그렇게 되는 것은 당연합니다.

공작부인.   그럼, 나가세요.

안토니오. 여러분, 몸과 마음을 다 바쳐 공작부인을 모시는 것이
어떤 것인지 알 수 있겠군요.   (퇴장)

보솔라. 이게 바로 협잡의 본보기로군요. 바다에서 끌어 올려진
습기는 날씨가 사나워지면 비가 되어 떨어져내려 다시 바다로 흘
러가기 마련입니다.

공작부인. 이 안토니오에 대한 여러분의 견해가 어떤지 알고 싶군요.

두 번째 관리인. 그는 돼지머리가 입을 벌리고 있는 걸 참지 못했어
요. 마님께서 그가 유태인[53])이라는 걸 아실 거라고 생각했습죠

세 번째 관리인. 마님께서 그 사람의 관리인이 되었더라면 마님
께 더 좋았을 거라고 생각했습니다.

네 번째 관리인. 그럼 돈을 더 많이 벌었겠지요.

---

53) 셰익스피어의 『베니스의 상인』(*The Merchant of Venice*)에서도 나오
는 이야기이지만 유대교에서는 돼지고기 먹는 것을 금했다.

첫 번째 관리인. 그는 검은 양털로 귀를 막고서 그에게 돈을 구하러 오는 사람들에게 귀가 잘 들리지 않는다고 말했습죠.

두 번째 관리인. 어떤 사람들은 그가 양성 인간이라고 했습죠. 그 사람은 여자를 싫어했으니까요.

네 번째 관리인. 금고가 가득 차 있을 때 그가 얼마나 천박하게 뽐내는 모습을 보였는지! 추방시켜 버리세요.

첫 번째 관리인. 맞습니다. 버터 부스러기나 던져 주세요. 그걸로 제 황금 사슬54)이나 닦으라지요.

공작부인. 그만 가보세요.　　　　　　　　　(관리인들 모두 퇴장)

　　　　이 사람들에 대해 당신은 어떻게 생각하세요?

보솔라. 이 자들은 못된 놈들입니다. 그가 잘 나갈 때는
　　　　그저 그에게 빌붙어서 그의 더러운 등자로도 자기들
　　　　코를 꿰어 코를 고리에 꿰인 곰처럼 그의 노새를
　　　　따라다녔던 놈들입니다.
　　　　그가 원한다면 자기 딸이라도 내주었을 것이고,
　　　　첫째 아이를 첩자로 만들고, 그가 복 받은 별자리 아래에서
　　　　태어나는 자들만큼 행복한 이는 없다고 생각하고,
　　　　그의 옷차림을 따라 입었던 놈들이지요.
　　　　그런데 이 기생충55)들이 이제 와서 떨어지겠다구요?
　　　　자, 다시는 그와 같은 일을 겪지 않도록 조심하세요.
　　　　그 사람이 가고 난 뒤에는 아첨꾼들만 남아 있습니다.

---

54) 집사의 직분을 나타내기 위해 차고 다녔다.
55) 사람의 몸에 달라붙어 피를 빨아먹는 이 같은 기생충들은 빨아먹을 피가 더 이상 없으면 즉시 거기를 떠난다고 여겨졌다. 따라서 기생충은 아첨꾼들을 비유하는 흔한 이미지였다.

그들은 파멸할 수밖에 없습니다. 군주들은 아첨꾼들에게
돈을 주고, 아첨꾼들은 자신의 악을 속이고, 거짓말을
꾸며대지요. 그것이 공평한 거지요.

아, 불쌍한 양반!

공작부인. 불쌍하다고요? 그 자는 자기 돈 가방을 가득 채웠어요.

보솔라. 그는 너무 정직했습니다. 재물의 신인 플루토는
주피터 신이 어떤 사람에게 그를 보내면 절뚝거리며
가지요. 신의 이름으로 오는 재물이 천천히 온다는 것을
알려주기 위해서입니다. 하지만 그가 악마의 심부름을
할 때는 서둘러 달려와 허둥지둥 들어오지요.
물론 그에게는 축복이 되겠지만 마님께서
얼마나 터무니없는 이유로 참으로 귀중한 보석을
던져버렸는지 제가 알려드리죠. 그는 훌륭한 궁정인이자,
참으로 충직한 사람이었지요. 자신의 가치를 너무
떨어뜨리는 것을 불쾌하고 여겼고, 자신의 가치를 너무
높이는 것을 끔찍하게 여겼던 군인이었습니다. 그의
미덕과 외모 둘 다 훨씬 나은 삶을 누릴 가치가
있었습니다. 그의 재치는 과시하는 것보다는 판단하는
것을 즐겨했지요. 그의 가슴은 완벽함으로 가득 차
있었지만, 워낙 소음을 내지 않아서
비밀스럽게 속삭이는 방으로 보였습니다.

공작부인. 하지만 그는 천한 혈통이에요.

보솔라. 마님은 사람의 장점보다 혈통을 조사하셔서
자신을 고용된 포고자로 만드실 셈이신가요?
마님은 그를 원하시게 될 겁니다.

군주에게 정직한 신하는 샘물 가까이 심겨진
삼목나무와 같습니다.
샘물은 나무의 뿌리를 씻겨주고, 이를 고맙게 여기는
나무는 자신의 그림자로 보답을 하지요.
마님은 그렇게 하지 않았습니다.
전 그렇게 변덕스러운 군주의 사랑에 의존하기보다는
차라리 어떤 첩자의 심금으로 함께 묶은 두 정치가의
썩은 방광에 의지해서 버뮤다56) 섬으로 헤엄쳐 가겠습니다.
잘 가시오, 안토니오. 세상의 악의가 그대를 파멸시키려
하지만, 그대의 파멸이 미덕과 동행한다는 것을 생각하면
그대에게 불행이 닥쳤다고만 말할 수 없을 것이오.

공작부인. 오, 당신은 내게 훌륭한 음악을 선사하는군요.

보솔라.   그래요?

공작부인. 당신이 지금 말한 훌륭한 분은 내 남편이에요.

보솔라. 제가 꿈을 꾸는 게 아닙니까? 이 야심만만한 시대가
재물이나 공허한 체면을 따지지 않고 단순히
그 사람의 가치만을 선호하는 그런 훌륭함을
지니고 있을 수 있습니까? 그게 가능하나요?

공작부인. 난 그분의 아이 셋을 가졌어요.

보솔라.   복 받으신 부인!
마님께서는 마님의 결혼 침대를 겸손하고도

---

56) 1609년에 난파사고 이후에 이 섬은 폭풍우와 위험뿐만 아니라 이상한
소리와 유령이 출몰하는 곳으로 악명 높았다. 그러나 이는 웹스터가
활동하던 시대의 일이며, 작품의 배경이 되는 시대보다는 훨씬 뒤의
일이다.

아름다운 평화의 양성소로 만드셨군요. 성직록을
받지 않는 많은 학자들이 이 일로 인해 마님을 위해
기도할 것이 틀림없으며, 세상에서 어떤 사랑은 사람의
가치만으로도 생겨날 수 있음을 기뻐할 겁니다. 마님의
나라에서 지참금이 없는 처녀들은 마님의 본보기로 인해
자신들도 부자 남편을 얻게 될 것으로 기대할 겁니다.
마님께서 군사들을 원하시면, 이 행동으로 인해 터키인과
무어인들도 기독교인으로 개종해 마님을 섬길 것입니다.
마지막으로 마님 시대에 무시당한 시인들은
마님의 하얀 손이라는 절묘한 기구에 고무되어
한 남자의 이 전리품을 기념하여
돌아가신 마님을 찬양하는 시를 읊을 것이며,
마님의 무덤을 살아있는 군주들의 사적인 방보다도
더 귀한 곳으로 만들 겁니다. 안토니오의 경우는
문장관이 사람들에게 문장을 팔기를 원할 때,
그의 명성도 마찬가지로 많은 펜에서 흘러나올 것입니다.

공작부인. 이 친절한 말에서 내가 위안을 얻는 것처럼,
비밀을 지켜주었으면 좋겠어요.

보솔라. 오, 마님의 비밀은
제 가슴 안쪽에 묻어두겠습니다.

공작부인. 당신이 내 모든 돈과 보석을 가지고
그를 따라가세요. 그는 앙꼬나로 가는
것이니까요.

보솔라. 그렇군요.

공작부인. 며칠 내로 나도 그곳으로

당신을 뒤따라 갈 거예요.

보솔라.   잠깐만요.

제 생각엔 마님께서 아름다운 앙꼬나에서 7 리그[57])도

채 되지 않는 로레또의 성모 마리아[58])께 순례를 떠나는 척

하는 것이 좋을 듯 합니다. 그러면 마님께서는

마님 나라를 좀더 명예롭게 떠날 수 있고, 평상시와 같이

수행원들을 거느리고 공작부인다운 여행을 하실 수

있을 겁니다.

공작부인.   당신의 생각대로

따를 게요.

카리올라.   제 생각에는

마님께서 루까에 있는 온천으로

여행을 가시거나, 아니면 독일에 있는 온천을

방문하시는 것이 나을 것 같아요. 그 이유는

절 믿으신다면, 전 종교를 농락하는

가짜 순례는 어딘지 꺼림칙하거든요.

공작부인.   넌 미신을 믿는 어리석은 아이로구나!

즉시 출발할 준비를 해라.

불행이 지나간 후에, 적당히 불행을 애도하자꾸나.

다가오는 불행에 대해서는 현명하게 그것을 막도록 하자.

(카리올라와 함께 퇴장)

보솔라.   책략가는 악마가 누벼놓은 모루란 말이야.

악마는 모든 죄악을 그에게 올려 꾸며놓지. 그래도

---

57) 거리의 단위. 약 3마일을 가리킨다.

58) 로레또(Loreto)에 있는 성모의 신전은 유럽 전역에 잘 알려진 곳이었다.

그 소리가 전혀 들리질 않아. 그는 여기에서처럼
증거를 얻으려고 아가씨의 방에서 작업할 수도 있지.
이제 내가 모든 것을 공작님께 알리는 것 외에
뭐가 남았겠어? 오, 첩자란 이 얼마나 비천한 직업인가!
그래, 세상의 모든 직업은 이익이나 칭찬을 더 좋아하지.
이제 이번 일로 나는 분명 승진할 거야.
상복59)을 생생하게 그리는 자들은 칭찬받는 거야. (퇴장)

---

59) 장례식에 입는 상복을 가리킨다.

<제 3 장>

(추기경은 말라테스테와, 퍼디난드는 델리오, 실비오, 페스카
라와 함께 등장)

추기경. 그럼 우리가 군인이 되어야 하는가?

말라테스테. 황제[60]께서는
추기경님께서 성직을 얻기 전에 그렇게
훌륭한 군인이셨다는 얘기를 들으시고,
추기경님을 참으로 운 좋은 군인인 페스카라의
마르키스와 유명한 래노이와 함께 임무를
수행하도록 하셨습니다.

추기경. 프랑스 왕을 포로로 삼았던
그 유명한 사람 말인가?[61]

말라테스테. 바로 그 사람입니다.
나폴리에서 새로운 요새를 구축하는 계획이
여기 있습니다.

(추기경과 말라테스테는 한 쪽으로 비켜서서 얘기를 나눈다)

퍼디난드. 이 위대한 백작 말라테스테도 고용된
것 같군.

델리오. 고용된 것이 아닙니다, 공작님.

---

60) 신성 로마제국의 황제 찰스 5세를 가리킨다.
61) 벨기에 출신이었던 래노이(Charles de Lannoy)는 실제로 1525년에 파비
아(Pavia)에서 프랑스 왕 프랜시스 1세(Francis I)를 사로잡았다.

인원 명부의 가장자리에 있는 것으로 보아 그는
자원한 것입니다.

퍼디난드.　　　　　　　　그는 군인이 아닌가?

델리오. 그는 치통 때문에 속이 빈 이빨 속에
화약을 집어넣었죠.

실비오. 그는 순전히 신선한 소고기와 마늘을 먹기 위해서
군 막사에 와서, 냄새가 사라질 때까지 머무르다가
곧바로 궁정으로 돌아가지요.

델리오. 그는 도시의 연대기에 기록된 대로
최근의 모든 군사 작전에 대해 읽었고,
화가 두 사람을 계속 데리고 다니는데,
단지 전투의 기초 안을 그리기 위해서지요.

퍼디난드. 그렇다면 그는 책에 의존해 싸우겠군.

델리오. 제 생각에는 달력에 의존해
좋은 날을 선택하고, 위험한 날을 피하는 거지요.
저것이 그의 정부의 스카프입니다.

실비오.　　　　　　　　　　　그렇습니다, 그는
저 스카프 덕분에 큰일을 할 거라고 주장합니다.

델리오. 그는 저 스카프를 빼앗기지 않으려고
전투에서 도망칠 거라고 생각합니다.

실비오.　　　　　　　　　　그는 화약이
저 스카프의 향기를 망치는 것을 끔찍하게 두려워하죠.

델리오. 전 한때 어떤 네덜란드인이 그를 장난감 총이라고
불렀다고 자기 머리를 깨부수는 걸 보았습니다.
그는 머스켓 소총처럼 자기 머리에 구멍을

내었지요.

실비오. 난 저자가 자기 머리에 점화구를 만들었으면 좋겠군.

델리오. 그는 정말이지 궁정의 거처를 바꾸기 위해서
사용되는 말을 덮는 장식천입니다.

(보솔라가 등장하여 퍼디난드와 추기경과 비밀스럽게
얘기한다)

페스카라. 보솔라가 도착했어! 용건이 무얼까?
추기경들 중에 누가 몰락한 건 아닐까.
고위층 사람들 사이의 파벌 싸움에서
그들은 여우들 같지. 그들의 우두머리가 나누어지면
그들은 꼬리에 불을 달고, 온 나라가
그것 때문에 파멸을 겪지.62)

실비오.   저 보솔라는 어떤 자이죠?

델리오. 파두아에서 저 사람을 알았죠. 헤라클레스의 곤봉에 얼
마나 많은 매듭이 있었는지, 아킬레스의 턱수염이 어떤 색깔이었
는지, 혹은 헥터가 치통으로 애를 먹었는지, 따위를 연구하는 그런
이상한 학자지요. 그는 반은 침침해진 눈으로 구두주걱으로 시저
코의 균형을 알아보려고 연구를 했지요. 그는 명상가의 이름을 얻
으려고 이 일을 했답니다.

페스카라. 퍼디난드 공작의 눈 속에는
불도마뱀63)이 살고 있어,

---

62) 구약성서에 의하면 삼손은 여우들을 사로잡아 꼬리를 묶고 불을 질러
팔레스타인 수수밭을 모두 불태웠다 (사사기 15장을 참조할 것).

63) 불도마뱀(salamander)은 물에 사는 도마뱀인데 몸체가 워낙 차고 축
축해서 불 속에서도 살 수 있다고 여겨졌다. 여기서는 퍼디난드가 불
처럼 화가 났는데도 냉정하다는 비유로 사용된 것으로 보인다.

격렬한 불꽃을 조롱하는 것 같군요.

실비오. 저 추기경은 사람들을 핍박하여 미켈란젤로가 그린 구원
받은 사람들보다 더 많은 수의 희생자들을 만들었지요. 그가 폭풍
이 불기 전의 돌고래처럼 코를 드는군.

페스카라. 퍼디난드 공작이 웃는군요.

델리오.   연기를 뿜기 전에
불꽃이 터지는 무서운 대포처럼 말이죠.

페스카라. 이들은 위대한 정치가들과 투쟁을 벌이는
진정한 죽음의 고통, 삶의 고통입니다.

델리오. 저렇게 일그러진 침묵 속에서, 마녀들이
주문을 속삭이지요.

(추기경, 퍼디난드, 보솔라가 앞으로 나아온다)

추기경. 그녀가 태양과 폭풍을 피하려고
종교를 보호막으로 삼으려는가?

퍼디난드.   그겁니다!
그것이 그년을 파멸시키지요. 그년의 죄와 아름다움이
함께 뒤섞여 문둥병처럼 더 허옇게 더 더럽게
드러나는 겁니다. 그년의 천한 자식들이 세례를
받은 적이 있는지 궁금하군.

추기경. 내가 즉시 앙꼬나 주에 부탁해서
그들을 추방하게 하겠다.

퍼디난드.   로레또로 갈 생각이십니까?
형님의 의식에는 참석하지 못하겠군요. 안녕히 가십시오.
그녀가 첫째 남편과 사이에 가진 나의 어린 조카
말피 공작에게 편지를 써서 어미의 진실을

　　　　　알려주게.

보솔라.　　　　　　　그렇게 하겠습니다.

퍼디난드.　　　　　　　　　　　안토니오!
　　　　　잉크와 천한 돈 냄새만 풍겼던 놈이지.
　　　　　회계 감사 기간을 제외하고는 결코 신사 티라곤
　　　　　없었던 놈이야. 가라, 즉시 가서
　　　　　말 150마리를 끌고 와서 성채 다리 앞에서
　　　　　나와 만나자.　　　　　　　　　　　（모두 퇴장）

<제 4 장>

(로레또의 성모 마리아 성당에 두 순례자 등장)

첫째 순례자. 많은 곳을 가 보았지만 이곳보다
더 훌륭한 성당을 본 적이 없습니다.
두 번째 순례자. 아라곤의 추기경께서 오늘 추기경직을
그만 두실 예정입니다.
그분의 누이인 공작부인도 순례의 서약을
하시기 위해 도착하셨습니다. 귀한 의식이
있을 것 같군요.
첫째 순례자.　　　　　물론이지요. 그들이 옵니다.

*군인 복장을 한 추기경의 취임식이 행해진다. 그의 십자가, 모자,
추기경복, 그리고 반지를 성당에 전달하고, 그에게 칼, 투구, 방패,
그리고 박차를 수여한다. 그때, 성당에 모습을 나타낸 안토니오와
공작부인, 그리고 그들의 자녀들이 (추기경과 앙꼬나 주지사의 지
시에 따른 무언극의 형태로 추방 지시를 받고) 추방된다. 모든 의
식 동안 장엄한 음악에 맞추어 많은 성직자들이 다음과 같은 민
요를 부른다. 그리고 나서 (두 순례자만 제외하고) 모두 퇴장한다.*

무기와 명예가 그대의 이야기를 장식하여
그대의 명성이 영원한 영광을 누리소서!

불행은 영원히 그대를 피하고
어떤 재난도 그대 가까이 오지 못 하리!

난 홀로 그대를 찬양하리니,
그대의 미덕이 명예롭게 되고,
거룩한 그대의 학문은
군사 훈련에 열중해 있도다.
그대 곁에 있는 그 옷들을 모두 치우시라.
그대의 학문을 무기로 장식하시라, 그것들이 그대를
미화하리라.

오 이렇게 장식된 참으로 귀중한 이름이여,
전쟁의 깃발아래 그대의 군대를 용감하게 이끄소서!
오 모든 전투에서 행운이 임하소서!
학문과 군대를 능숙하게 인도하소서!
승리가 눈앞에 있으니, 명성이 그대의 힘을 큰소리로
노래하리라!
승리의 월계관을 머리에 쓰고, 축복이 소나기처럼
쏟아지소서![64]

첫 번째 순례자. 정말 이상하게 변해버렸군! 그렇게 훌륭한
부인이 그렇게 천한 사람과 인연을 맺을 줄
누가 생각이나 했겠어요? 하지만 추기경은

---

64) 이 노래는 장면과 잘 어울리지 않는데, 웹스터는 1623년 판에서 자신
이 이 노래를 쓰지 않았다고 주장했다.

너무 잔인하군요.

두 번째 순례자.   그들은 추방당했어요.

첫 번째 순례자. 하지만 난 이 앙꼬나의 주지사가 신분이 자유로운
            공작부인을 재판할 힘이 있는지 묻고 싶군요.

두 번째 순례자. 그들은 자유로운 신분이지요. 그리고 그녀의 오빠는
            교황께서 그녀의 방종함을 미리 들으시고
            그녀가 미망인으로서 유지하고 있는 공작령을
            어떻게 교회의 소유로 몰수하였는지
            보여주었습니다.

첫 번째 순례자. 하지만 무슨 권리로요?

두 번째 순례자.   물론 아무런 권리도 없지요.
            단지 그녀의 오빠인 추기경의 선동 때문이죠.

첫 번째 순례자. 그가 그녀의 손가락에서 그렇게 거칠게
            빼앗은 것이 무엇이었지요?

두 번째 순례자.   그녀의 결혼반지였지요.
            그는 즉시 그 반지를 자신의 복수에 바치겠다고
            맹세했어요.

첫 번째 순례자.   아, 안토니오!
            만약 그 사람이 우물에 던져진다면,
            누가 그 일에 착수한다 하더라도 그는 자신의 몸무게
            때문에 곧 바닥까지 떨어질 것입니다. 자, 자리를 뜹시다.
            운명이 결론을 짓겠지요.
            만사가 그 불행한 사람을 파멸로 몰아가고 있군요.

                                    (모두 퇴장)

<제 5 장>

(안토니오, 공작부인, 아이들, 카리올라, 하인들 등장)

공작부인. 앙꼬나에서 추방을 당하다니!

안토니오.   그래요. 윗분들의 입김이
  얼마나 힘을 가지는지 아시겠지요.

공작부인. 우리 일행이 모두 이 정도밖에
  남지 않았나요?

안토니오. 부인을 섬기면서도 거의 보상을 못 받는
  이 불쌍한 사람들은 부인과 운명을 함께
  하기로 맹세를 했습니다. 하지만 더 현명한 새들은
  깃털이 자라났기 때문에 가버렸지요.

공작부인. 현명하군요.
  하지만 마음이 괴로워요. 이렇게 의사들은
  손에 돈을 챙기고 나면 환자들을 버리곤
  하지요.

안토니오.   세상인심이 바로 그렇지요!
  아첨꾼들은 모두 쇠퇴한 운명을 떠나고,
  사람들은 기초가 무너진 곳에서는 건축을 그만두지요.

공작부인. 오늘 밤 아주 이상한 꿈을 꾸었어요.

안토니오.   무슨 꿈이었습니까?

공작부인. 제가 공작부인용 소관[65]을 쓰고 있었는데,

갑자기 다이아몬드가 모두 진주로

바뀌었어요.

안토니오.   제가 해몽을 해 보면,

그대는 조만간 울게 될 것 같군요. 진주는

그대의 눈물을 의미하거든요.

공작부인. 자연의 혜택을 받으며 들판에서

살아가는 새들은 우리보다 더 행복하게

사네요. 그들은 자기 짝을 선택할 수 있고,

봄이 오면 그 기쁨을 즐겁게 노래할 수 있으니까요.

(보솔라가 편지 한 통을 들고 등장)

보솔라. 마님을 따라잡을 수 있어서 정말 다행입니다.

공작부인. 오라버니가 보내서 온 건가요?

보솔라. 그렇습니다.

오라버니이신 퍼디난드 공작께서

온갖 사랑과 무사를--

공작부인.   당신은 해악을 그렇지 않은 것으로

위장하려고 속이는군요. 바다에서 폭풍 전에 날씨가

잔잔한 것처럼, 거짓된 마음을 가진 자들은 자신들이

해악을 끼치려는 사람들에게 달콤하게 말하지요.

(읽는다) 안토니오를 내게 보내라. 사업상 그의 머리가

필요하다.

교활한 모호함이군요!

그는 당신의 조언이 아니라, 당신의 목을 원하는 거예요.

---

65) 왕족이나 귀족이 머리에 쓰는 왕관과 같은 머리 장식을 가리킨다. 주
로 보석이나 꽃으로 장식되어 있다.

즉, 당신이 죽을 때까지 잠을 잘 수 없는 거죠.

그리고 여기 장미로 가려진 또 다른 함정이

있어요. 들어보세요. 정말 교묘하군요.

(읽는다) 나는 나폴리에서 여러 빚 때문에 네 남편의 보
증을 선 상태이다. 그렇다고 그가 너무 걱정하지 말도록 해라. 나
는 돈보다는 그의 가슴을 얻기 원하니까.

나도 그렇게 믿어요.

보솔라. 뭘 믿으십니까?

공작부인. 오빠는 내 남편의 사랑을 믿지 못하기 때문에,

남편에게 심장이 있다는 사실을 자신이 직접 보기 전에는

결코 믿지 못한다는 거죠. 악마가 우리를 교묘한 함정에

빠트릴 만큼 그렇게 교활하지는 못하네요.

보솔라. 제가 마님께 보여드린 고귀하고 자유로운 우호와 사랑의

계약을 거절하시겠습니까?

공작부인. 그들의 동맹은 어떤 교활한 왕들의 동맹과 같지요.

단지 자신들의 힘과 권력을 키워 장래 우리를

파멸시키기 위한 것이지요. 그들에게 그렇게 말하세요.

보솔라. (안토니오에게) 그대는 어떻게 대답하시겠소?

안토니오. 난 가지 않겠다고 그에게 말하시오.

보솔라. 그럼 이 편지는 어떻게 하죠?

안토니오. 나의 매형들께서 사방팔방에

재갈을 물린 사냥개들을 풀어놓았군요.

비록 그렇게 교묘한 술책으로 꾸며지진 않았지만,

우리의 적들의 뜻대로 하는 어떠한 휴전도 안전하지 않소.

난 그들에게 가지 않겠소.

보솔라.　　　　　　　　그대의 교양이 어느 정도인지 알겠군요.
　　　　자석이 쇠를 끌어당기듯이 천박한 사람은 사소한 것에도
　　　　걱정을 하지요. 그럼 잘 있으시오.
　　　　곧 공작님으로부터 소식을 듣게 될 것이오.　　　（퇴장）

공작부인.　매복이 있지 않나 의심이 되요.
　　　　그러니 제 모든 사랑을 걸고 청하니
　　　　맏아들을 데리고 밀라노로 피하세요.
　　　　이 불쌍한 남은 사람 모두를 운 나쁜 배 한척에서
　　　　위험에 내맡기지 않도록 해요.

안토니오.　　　　　　　　　　그대 말이 맞소.
　　　　내 인생에 가장 소중한 이여. 안녕. 우린 헤어져야만 하니,
　　　　하느님께서 이를 관여해 주기를 바라지만, 어떤 능숙한
　　　　기술자가 시계가 고장 났을 때
　　　　그걸 고치기 위해서 시계를 분해하여
　　　　수리하는 그 이상이 아니기를 바라오.

공작부인.　당신의 죽음을 보는 것과, 당신과 헤어지는 것,
　　　　둘 중 어떤 것이 더 최선인지 모르겠어요. 안녕, 아들아.
　　　　넌 너의 비참함을 알지 못하니 행복하구나.
　　　　우리의 이해력과 학식이 슬픔의 진정한 의미를
　　　　깨닫게 해주니 말이다. 여보, 영원한 천상의 교회에서는
　　　　우리가 이렇게 헤어지지 않기를 바래요.

안토니오.　오, 안심하오!
　　　　용기를 가지고 참아요.
　　　　그리고 우리가 얼마나 잔인한 대접을 받았는지 생각지 마오.
　　　　인간은 계피나무처럼 압박을 당할 때 진가를 드러내지요.

공작부인. 제가 노예 출생의 러시아인처럼 폭압을 당하는
　　　　　　것을 찬양해야 하나요?
　　　　　　하지만, 오 하느님, 거기엔 당신의 뜻이 있어요.
　　　　　　전 어린 아들이 종종 모자를 때리는 것을 보고서.
　　　　　　저 자신을 그 모자에 비유했답니다. 하느님의 채찍 외에는
　　　　　　그 무엇도 나를 올바로 가게 하지 않았어요.

안토니오. 울지 말아요. 하느님께서
　　　　　　우리에게 관여한 것은 없습니다. 그리고 우리가
　　　　　　얻고자 애쓰는 것도 없습니다. 안녕, 카리올라, 그리고
　　　　　　내 사랑, 만약 내가 그대를 다시 보지 못한다면,
　　　　　　그대의 어린 아이들에게 좋은 어머니가 되어 주시오.
　　　　　　호랑이로부터 그들을 보호해 주시오. 잘 가시오.

　　　　　　　　　　　　　　　　　　　　(서로 키스한다)

공작부인. 한번만 더 당신 얼굴을 보게 해주세요. 그런 말은
　　　　　　죽음을 앞둔 아버지의 말이잖아요. 당신의 키스는
　　　　　　거룩한 성직자가 죽은 사람의 해골에게 하는
　　　　　　키스보다도 더 차가워요.

안토니오. 내 가슴은 무거운 납덩어리로 변해 버렸소.
　　　　　　그 가슴으로 내 위험이 감지될 뿐이오. 잘 있으시오.

　　　　　　　　　　　　　　　　　(첫째 아들과 함께 퇴장)

공작부인. 나의 월계수는 모두 시들어버렸구나.

카리올라. 보세요, 마님, 무장한 사람들의 무리가 우리를
　　　　　　향해 오고 있어요.

　　(보솔라가 호위 한 사람과 함께 등장. 모두 가면을 쓰고 있다)

공작부인. 　　　　　　　　오, 정말 잘 왔군.

행운의 수레바퀴66)가 귀족들 때문에 너무 무거워지면,
무게 때문에 바퀴는 빨리 굴러가지. 난 나의 파멸이
갑작스러운 것을 원해. 내가 목표겠지, 그렇지 않느냐?

보솔라. 그렇습니다. 남편을 더 이상 볼 수 없으실 겁니다.

공작부인. 하늘의 천둥을 가장하는 너는 참으로 악마 같은
놈이다.

보솔라. 그게 끔찍합니까? 바보 같은 새들을 놀라게 해서
곡식에서 쫓아내는 소리가 더 나쁜지, 아니면 새들을
그물로 유인하는 소리가 더 나쁜지 말씀해 보시지요.
마님은 후자에 너무 많이 귀를 기울이셨어요.

공작부인. 오, 비참해! 녹슬고 화약이 지나치게 장전된 대포처럼
내가 산산이 부서져 날아갈 수는 없을까? 자, 어느 감옥
으로 가느냐?

보솔라. 감옥이 아닙니다.

공작부인. 그럼 어디로 가는 거지?

보솔라. 마님의 처소입니다.

공작부인. 난 카론67)의 나룻배가 저 끔찍한 호수를 건너 모든
영혼을 데려다주지만, 되돌아오는 이는 없다고 들었다.

보솔라. 마님의 형제분들께서는 마님을 동정하시고 안전하게
모시고자 합니다.

---

66) 행운의 수레바퀴(the wheel of fortune)는 변화하는 인생에 대한 고전
적인 상징이다. 인간은 인생의 수레바퀴에 고정되어 있어서 바퀴가
돌아가면서 위치가 올라가기도 하고 내려가기도 한다.

67) 그리스 신화에 등장하는 인물. 저승과 이승을 가로지르는 스틱스
(Styx) 강의 나루터를 지키는 늙은 뱃사공으로서 죽은 영혼들을 태
워 강을 건너 저승에 이르게 하는 역할을 한다.

공작부인. 동정이라고!

그런 동정은 꿩과 메추라기가 잡아먹을 정도로 충분히
살이 찌지 않았을 때, 살려두는 정도겠지.

보솔라. 이 아이들이 마님의 아이들입니까?

공작부인.   그렇다.

보솔라.   말을 할 수 있습니까?

공작부인.   아니.

하지만 그 애들은 불행하게 태어났으니, 저주를 가장 먼저
말하게 할 작정이다.

보솔라.   그런 말씀 마십시오, 마님.

이 천하고 저급한 작자는 잊으십시오.

공작부인.   내가 남자라면,

너의 가짜 얼굴을 때려줄 것이다.

보솔라. 가문이 좋지 않은 자는

공작부인.   그가 천하게 태어났다 하더라도,

그의 행동이 그의 미덕을 드러내 줄 때,
사람은 가장 행복한 법이야.

보솔라. 무익하고 비천한 미덕이죠.

공작부인. 누가 가장 위대한 지 너는 말할 수 있느냐? 나의
슬픔엔 슬픈 이야기들이 어울린다. 슬픈 이야기
하나 해주지. 연어 한 마리가 바다로 헤엄쳐 나갔을 때,
상어 한 마리를 만났지. 상어는 연어에게 이렇게
거칠게 말했어. "넌 유명한 궁정인도 아니고
기껏해야 일년 중에 가장 조용하고 깨끗한 시기에
얕은 강물에서 살면서 바보같은 빙어들이나 새우들과

같이 놀면서, 우리의 높은 물결 속에 끼어들다니
왜 그렇게 간덩이가 부은 게냐? 그리고 감히 경의도
표하지 않은 채 이 상어님을 지나친단 말이냐?"
"오, 자매님, 고정하세요." 연어는 말했지요.
"우리 둘 다 어부의 그물을 빠져나온 걸 신께 감사하세요.
우리의 가치는 우리가 어부의 양동이에 들어갈 때까지는
결코 알 수 없는 것이니까요.
시장에서는 아마도 제 가격이 더 높을 것이고,
요리사와 화로 가까이 있을 때도 그래요."
그래서, 높은 분들께는 다음 교훈이 해당될 것이다.
사람들은 종종 가장 비참할 때 가치가 가장 높다.
하지만 자, 네가 원하는 곳으로 가자꾸나. 난 불행에
대항해 싸울 준비가 되어 있고,
압제자의 지배를 견뎌내기로 마음먹었다.
깊은 골짜기는 언제나 드높은 언덕 곁에 있는 법. (모두 퇴장)

제 4 막

<h1><제 1 장></h1>

(퍼디난드와 보솔라 등장)

퍼디난드. 그래 공작부인은 감옥 생활을 잘 견디고
있느냐?

보솔라. 훌륭하게 견디고 계십니다. 설명을 드리자면,
부인은 오랫동안 슬픔에 익숙한 사람처럼 슬퍼하며, 비참한
운명의 종말을 피하기보다는 오히려 환영하는 듯이
보입니다. 너무나 고결하여 역경에도 위엄을
잃지 않는 그런 모습입니다.
미소를 지으실 때보다 눈물을 흘리실 때 부인의
사랑스러운 모습이 더욱 완벽한 것을 아실 수 있을 겁니다.
부인께서는 4시간동안이나 계속해서 묵상을 하시니, 그녀의
침묵은 말보다 더 많은 것을 표현하는 것 같습니다.

퍼디난드. 동생의 우울증은 이상한 경멸감으로
무장된 듯 하군.

보솔라. 그렇습니다. 그리고 이러한 속박은
조일수록 더욱 사나워지는 영국의 맹견처럼,
그녀로 하여금 금지된 쾌락을 너무나 열정적으로
상상하게 만듭니다.

퍼디난드. 망할 것 같으니!
더 이상 다른 사람의 마음을 연구하지 않을 것이다.
내 말을 그녀에게 전해라. (퇴장)

(공작부인과 카리올라 등장)

보솔라. 공작부인께 평안이 깃들기를!

공작부인.   그런 것 필요 없다.

그런데 왜 너는 독약을 황금과 설탕으로

위장하는 거지?

보솔라. 부인의 오라버니이신 퍼디난드 공작께서

부인을 방문하러 오셔서 말씀을 전하십니다.

예전에 다시는 부인을 보지 않겠다고 엄숙하게

맹세했기 때문에, 그분은 밤에 오실 겁니다.

그리고 햇불이나 촛불로 부인의 방을 밝히지

않기를 간절히 바라십니다. 그분은 부인의 손에

키스하시는 걸로 만족하실 겁니다. 하지만 맹세 때문에

부인을 보시려고는 하지 않습니다.

공작부인.   좋으실 대로 하시라지.

그 등을 여기에서 가져가라.   (보솔라가 등을 치운다)

(퍼디난드 등장)

오라버니가 왔군.

퍼디난드.   어디 있느냐?

공작부인.   여기 있어요.

퍼디난드. 이 어둠이 네게 잘 어울리는구나.

공작부인. 오라버니께 용서를 구하고 싶어요.

퍼디난드. 용서해 주지.

난 죽일 수 있는데도 용서하는 것을

명예로운 복수라고 생각한다. 네 새끼들은 어디 있느냐?

공작부인. 누구 말이죠?

퍼디난드. 너의 자식이라고 부르는 것들 말이다.

　　　　　비록 국법은 사생아들을 합법적인 적자들과

　　　　　구분하지만, 자비로운 자연은 그들을 모두

　　　　　동등하게 만들지.

공작부인.　　　　　　　그걸 알려고 오신 거예요?

　　　　　오라버니는 교회의 성사[68]를 욕되게 하고

　　　　　그로 인해 지옥에서 고통 받게 될 거예요.

퍼디난드. 네가 항상 이렇게 살 수 있었다면

　　　　　너무 잘 지내왔던 거지. 정말이지 너는

　　　　　빛 속에 너무 많이 있었거든. 하지만 이젠 아니야.

　　　　　난 너에게 평화를 약속하기 위해 왔다. 여기 손이 있다.

　　　　　　　　　　(그녀에게 죽은 사람의 손을 준다)

　　　　　이 손에 넌 사랑을 맹세했고, 그 손가락에 반지를

　　　　　끼워주었지.

공작부인.　　　　난 애정을 다하여 그 손에 키스하겠어요.

퍼디난드. 그렇게 해라. 그리고 그 흔적을 네 가슴에 묻어라.

　　　　　난 사랑의 징표로 이 반지를 두고 가마. 그리고

　　　　　반지와 마찬가지로 손도 주마. 분명히 심장도 갖게

　　　　　될 거다. 친구가 필요하거든,

　　　　　그걸 본래 주인에게 보내도록 해라. 그가 널

　　　　　도울 수 있는지 알게 될 테니.

공작부인.　　　　　　　정말 냉정하군요.

　　　　　오빠는 여독이 풀리지 않아 몸이 좋지 않은 것 같아요.

　　　　　아! 불을 켜라! 오, 끔찍해라!

---

68) 혼인 예식을 가리킨다.

퍼디난드.　　　　　　　　　　불을 더 환히 비춰줘라.

　　　　　　　　　　　　　　　　　　　　　　　(퇴장)

공작부인.　죽은 사람의 손을 여기에 두고 가다니.
　　　　　그가 무슨 짓을 하는 거지?

(칸막이 뒤에서 정교하게 만든 안토니오와 아이들의 모습이
그들이 마치 죽은 시신인 것처럼 보인다)

보솔라.　보세요, 부인. 그 손을 떼 온 시신이 여기 있습니다.
　　　　공작님은 부인께서 이제 그들이 분명히 죽었다는 걸
　　　　아시라고 이 슬픈 광경을 보여주시는 겁니다.
　　　　이후로는 돌이킬 수 없는 것 때문에
　　　　슬퍼하는 것을 그만하시지요.

공작부인.　이것을 보았으니 하늘과 땅 사이에 내가 살아서
　　　　　바라는 것은 없다. 밀랍으로 만들어진 내 인형이
　　　　　주술 걸린 바늘이 박힌 채로 똥 더미 속에 묻혀
　　　　　있다 하더라도, 이 사실보다 더 나를 녹아 없어지게
　　　　　하지는 않는다. 저쪽에 훌륭한 폭군의 도구가 있는데,
　　　　　난 그것을 자비로 생각할 것이다.

보솔라.　그게 뭡니까?

공작부인.　그들이 나를 저 죽은 나무줄기에 묶어준다면
　　　　　나는 얼어 죽을 수 있을 것이다.

보솔라.　　　　　그런 말씀 마세요. 부인은 사셔야 합니다.

공작부인.　그건 지옥에서 영혼들이 겪는 가장 큰 고문이야.
　　　　　지옥에서 그들은 살아야만 하고, 죽을 수가 없지.

포샤[69]여, 당신의 석탄에 내가 다시 불을 붙이겠어요.
그리고 사랑스런 아내라는 그 희귀하고도 거의
사라져버린 본보기를 되살리겠어요.

보솔라. 　　　　　　　　　　　　오, 안돼요! 절망한다고요?
마님이 기독교인이라는 걸 기억하세요.

공작부인. 　　　　　　　　　　교회는 단식을 권하지[70].
난 굶어죽을 거야.

보솔라. 　　　　　이 헛된 슬픔은 거두세요.
최악의 상황에서도 길은 있습니다.
벌은 마님의 손에 침을 쏜 후에도
마님의 눈앞에서 윙윙거릴 수 있습니다.

공작부인. 참 위로를 잘 하는군.
바퀴에 깔려 뼈가 모두 부러진 자에게 뼈를 모두
새로 맞추라고 설득하시지. 다시 처형당하기 위해
살라고 청해보시지. 누가 나를 처단할 거지?
난 이 세상을 지겨운 극장이라고 생각해.
내 뜻에 맞지 않는 역을 연기해야 하니 말이야.

보솔라. 자, 진정하세요. 제가 마님의 생명을 구하겠어요.

공작부인. 정말이지, 난 그런 사소한 일에 신경 쓸 여가가
없어.

보솔라. 이젠, 정말이지, 마님을 동정해요.

---

69) 시저가 암살당한 후에 남편의 모든 소망이 무너졌을 때, 포샤는 불에
　　달군 석탄을 입에 넣은 채 죽을 때까지 입을 열지 않는 자살을 감행
　　했다.
70) 어떤 성직자들은 단식을 통한 자살은 어떤 상황에서는 허락된다고 주
　　장했다.

공작부인.   그렇다면 당신은 바보야.
　　　너무나 불행해서 자신도 동정할 수 없는 것에
　　　당신의 동정심을 낭비하다니. 난 너무나 괴로워.
　　　훅! 이 헛된 생각을 내게서 날려버려야 해.
　　　　　　　　　　　(하인 등장)
　　　넌 누구냐?

하인.　　　　　　　부인께서 장수하시기를 바라는 자입니다.

공작부인. 내게 한 그 끔찍한 저주로 인해 네 놈이 교수형
　　　당하면 좋겠구나.　　　　　　　　(하인 퇴장)
　　　　　　　　내가 곧 동정심의 놀라운
　　　본보기가 되겠군. 가서 기도해야겠다. 아니,
　　　가서 저주를 해야겠다.

보솔라.　　　　　　　　오, 저런!

공작부인.　　　　　　　　　별들을 저주할 수도 있어.

보솔라.　　　　　　　　　오, 끔찍한!

공작부인. 일년 중 미소 짓는 세 계절71)이 러시아의 긴 겨울로
　　　빠져들고, 세상은 태초의 혼돈 속으로
　　　빠져들도록.

보솔라. 보세요, 별들은 여전히 빛나고 있습니다.

공작부인.　　　　　　　　　오, 하지만 내 저주는
　　　아직 가야할 길이 멀다는 것을 기억해야 한다.
　　　수많은 가족들을 관통하는 전염병들이여,
　　　그들을 삼켜버려라!

보솔라.　　　　　　저런, 부인!

───────────────

71) 봄, 여름, 가을의 세 계절을 가리킨다.

공작부인.   폭군들처럼 그들이

행한 악행으로만 기억되게 하라.

고행을 하는 성직자들의 모든 기도에서

그들이 잊혀지게 하라!

보솔라.   오, 무자비하시군요!

공작부인. 하느님께서 그들을 벌하기 위해 잠시 동안만

순교자들에게 관을 씌우는 것을 중단하소서!

가서 그들에게 이를 전하라. 그리고 내가 피 흘리기를

원한다고 말해라.

빨리 죽여주는 것이 자비를 베푸는 것이지.   (퇴장)

(퍼디난드 등장)

퍼디난드. 훌륭해, 내가 원하는 대로야. 모조품에 속아 고통 받는군.

이것들은 밀랍으로 만든 것들에 불과해.

이 일에 전문가인 빈센티오 로리올라[72]가

만든 것이니, 그녀는 진짜 시신으로

오해를 하는 거지.

보솔라. 왜 이런 일을 하시는 겁니까?

퍼디난드.   그녀를 절망에 빠트리기 위해서지.

보솔라. 제발 그만 하시지요.

더 이상 잔인하게 하지 마십시오.

그녀의 고운 피부에 어울리는 속죄 복을

그녀에게 보내고, 묵주와 기도서를

넣어드리세요.

퍼디난드.   망할 년! 그년의 저 육체는

---

72) 아마도 웹스터가 만들어낸 이름으로 추정된다.

나의 순수한 피가 흐르고 있는 동안에는 네가 영혼이라고
부르는 것보다도 더 가치가 있었지.
난 그년에게 창녀들 무리를 보내 그년의 살덩이가
포주와 건달 놈들에게 봉사하게 할 것이다.
그리고 그년이 분명 미칠 테니까. 난 정신병원에서
미친 사람들을 모두 풀어놓아 그년의 거처
가까이에 머물게 할 결심이다.
거기에서 미치광이들이 함께 노래하고, 춤추고,
달이 완전히 찰 때까지 뛰놀게 하는 거야.
그 때문에 그년이 더 잘 잘 수 있다면, 내버려둬.
너의 일은 거의 끝났다.

보솔라.   제가 그녀를 다시 만나야 합니까?

퍼디난드.   그래.

보솔라.   싫습니다.

퍼디난드.   만나야 해.

보솔라.   제 자신의 모습으로는 싫습니다.
제 원래 모습은 첩자 질과 이번의 잔인한 거짓말 때문에
모두 들통 나고 말았습니다. 다음번에 저를 보내실 때는
위안을 주는 일이 되게 해 주십시오.

퍼디난드.   아마도 그럴 것이다.
동정심은 너에게 어울리지 않는다. 안토니오가
밀라노 근처에 숨어있다. 넌 즉시 그곳으로 가서
나의 복수심만큼이나 큰 불을 피워라. 내 복수의 불은
연료를 다 쓸 때까지 결코 약해지지 않을 것이다.
과도한 열은 의사를 잔인하게 만드는 법이지.   (퇴장)

<제 2 장>

(공작부인과 카리올라 등장)

공작부인. 저건 무슨 끔찍한 소리지?

카리올라. 마님, 저건 마님의 폭군 오라버니가 마님의
거처 근처에 머물게 한 미치광이들이 질러대는
소리입니다. 이러한 학대 행위는 지금 이 순간까지
결코 행해진 적이 없다고 생각합니다.

공작부인. 정말 오라버니가 고맙군. 오직 소음과 광기만이
날 제 정신을 차릴 수 있게 하고, 이성과 침묵은
날 완전히 미치게 만든다. 앉아라.
내게 우울한 비극 이야기나 해 다오.

카리올라. 오, 그건 마님을 더 우울하게 만들 거예요.

공작부인. 그건 네가 모르는 소리다.
더 슬픈 이야기를 들으면 내 슬픔이 줄어들 것이다.
여긴 감옥이지?

카리올라. 맞아요. 하지만 마님은 꿋꿋하게 살아서
이 감옥살이를 떨쳐버리실 거예요.

공작부인. 넌 바보구나.
가슴이 빨간 로빈 새나 나이팅게일은
새장 속에서는 결코 오래 살지 못해.

카리올라. 제발 눈물을 닦으세요.

뭘 생각하세요, 마님?

공작부인.   아무 것도 아니다.

이렇게 생각에 잠길 때면 잠이 들지.

카리올라. 미친 사람처럼 눈을 뜨고서요?

공작부인. 넌 우리가 저 세상에서 서로를 알아볼 거라고

생각하느냐?

카리올라.   물론이지요.

공작부인. 오, 우리가 단 이틀 동안만 죽은 자들과

대화를 할 수 있다면!

그럼 분명히 이 세상에서는 결코 알 수 없는 것들을

그들에게서 배울 것이라고 확신한다. 너에게 신기한 얘기를

하나 해 주겠다. 난 아직 슬픔 때문에 미치지는 않았다.

내 머리 위의 하늘은 녹인 놋쇠로 만들어진 것 같고,

땅은 불타는 유황으로 만들어진 것 같지만,

난 미치지 않았다.

난 햇볕에 그을린 노예선의 노예가 자신의 노에 익숙한

것처럼 슬픔으로 인한 비참함에 익숙하단다.

불가피성이 나를 끊임없이 고통스럽게 만들고,

습관은 그걸 쉽게 만들지. 지금 내가 누구처럼 보이느냐?

카리올라. 회랑에 있는 마님의 초상화처럼 보여요.

겉모습은 오히려 생동감이 있지만, 실제로는 그렇지 않고,

또한 손상된 모습이 동정심을 불러일으키는

어떤 고귀한 조각상처럼 보입니다.

공작부인.   아주 적절하구나.

운명의 여신73)은 단지 내 비극을 보기 위한 시력만을

갖고 있는 것 같구나. 아니, 이런!

저게 무슨 소리지?

(하인 등장)

하인.   부인의 오라버니께서 부인께 오락을
베푸시기로 했다는 걸 알려드리려고 왔습니다.
교황께서 심한 우울증에 걸리셨을 때, 한 훌륭한 의사가
그분께 여러 종류의 미치광이들을 보여주었습니다.
그 미치광이들은 워낙 가지각색 즐거움으로 가득 차 있어
그분을 웃을 수밖에 없게 만들었고, 그래서 그 종양이
터져 버렸지요. 공작님께서는 똑같은 치료법을 부인께도
적용하려 하시는 겁니다.

공작부인.   그들을 들어오게 해라.

하인. 이들 중에는 미친 변호사와 세속적인 성직자,
질투로 인해 이성을 잃어버린 의사,
자신의 책에서 그 달 중 어떤 날이
최후 심판의 날이라고 말했다가 그것이 실패하자
미쳐버린 점성술가, 새로운 유행에 대한 연구로
두뇌가 돌아버린 영국의 재단사, 주인마님이 인사하는
숫자를 세거나 매일 아침 그녀가 그에게 시킨
"안녕하십니"를 잊지 않으려다 정신이 나가버린 의전관,
농사짓는 데에는 탁월한 일꾼이지만, 운송 경로가
막혀버리자 미쳐버린 농부, 그리고 미쳐버린 중개인을
이 사람들에 포함시키면, 부인께서는 악마가 그들 중에
있다고 생각하실 겁니다.

---

73) 운명의 여신은 장님이다.

공작부인. 앉아라. 카리올라. 네가 원하는 대로 그들을 풀어놓아라. 난 너의 모든 학대를 견딜 수밖에 없도록 묶여 있으니 말이다.

(미치광이들 등장)

한 미치광이가 우울한 음악에 맞추어 노래를 부른다.

오, 우리 어떤 울적한 노래를 울부짖자.
지독하고도 끈질긴 울부짖음.
짐승들과 불길한 새들의 위협적인 목구멍에서
나오는 것 같은 소리를 내자!
갈가마귀, 부엉이, 황소, 그리고 곰들처럼,
우리는 우리의 역할을 울부짖을 것이다.
진저리치는 소음에 귀가 질리고,
심장이 무너져 내릴 때까지.
마침내 우리의 합창이 휴식을 원할 때,
우리의 육체는 축복을 받게 되니,
우린 죽음을 맞아 백조처럼 노래할 것이고,
사랑과 휴식 속에 죽으리라.

첫 번째 광인. 아직 최후 심판 날이 오지 않았나? 망원경으로 그 날을 끌어당겨야지. 아니면 한 순간에 온 세상을 불붙게 할 렌즈를 만들어야지. 잠을 잘 수가 없어. 내 베개가 고슴도치 새끼로 채워져 있단 말이야.

두 번째 광인. 지옥은 유리 공장이야. 그곳에서 악마들이 계속해서 여자들의 영혼을 우묵한 철판 위로 불어 올리고 있어. 그래도 불은 절대 꺼지지 않지.

세 번째 광인. 난 10일째 밤에 내 교구에 있는 모든 여자와 잠자리를 함께 할 거야. 그들에게 십일조를 바치라고 해야지, 건초더미처럼 말이야.

네 번째 광인. 내가 오쟁이졌기 때문에 내 약제사가 나보다 뛰어나단 말이야? 난 그 놈의 못된 짓을 알아냈어. 그 놈은 자기 마누라의 오줌으로 명반을 만들어서 과로로 목이 아픈 청교도들에게 그걸 판단 말이야.

첫 번째 광인. 난 문장학에 일가견이 있어.

두 번째 광인. 정말?

첫 번째 광인. 자넨 투구 장식용으로 뇌가 빠져버린 바보 새의 머리통이나 전시하게나. 자넨 아주 옛날 신사니까 말이야.

세 번째 광인. 희랍어가 터키어로 바뀌어서 우린 헬베티안 번역74)에 의존할 수밖에 없어.

첫 번째 광인. 이보시오, 선생. 내가 당신에게 법을 설명해 주겠소.

두 번째 광인. 오 차라리 부식제를 설명하지. 법률은 뼈까지 먹어 치울 테니 말이야.

세 번째 광인. 목이 말라서 마시는 놈은 저주받은 놈이야.

네 번째 광인. 내게 지금 망원경이 있다면, 여기 있는 모든 여자들이 날 미친 의사라고 부를 광경을 보여줄 텐데.

첫 번째 광인. 저 자는 뭐지? 교수형 밧줄 만드는 사람인가?

(세 번째 광인을 가리킨다)

---

74) 강력한 청교도 교리를 담고 있었던 1560년의 제네바 성경 번역본을 가리킨다. 캘빈주의자인 세 번째 광인에게 다른 성경 번역본은 희랍어로 된 신약 성경을 이교도인 터키어로 바꾸는 것으로 여겨진다.

두 번째 광인. 아니, 아니, 아니야. 코를 킁킁대는 놈이야. 저 놈은 무덤을 안내하는 동안에도 계집아이 속옷 속에 손을 집어넣을 거야.

세 번째 광인. 새벽 3시에 가면무도회에서 집으로 돌아오는 내 마누라를 태운 화려한 마차에 화가 있으라! 그 마차 속에는 커다란 깃털 침대가 있었거든.

네 번째 광인. 난 악마의 손톱을 사십 번이나 깎아서, 그걸 갈가마귀의 알 속에서 구워 그걸로 학질을 고쳤어.

세 번째 광인. 내게 박쥐 3백 마리만 구해다오. 밀크주75)를 만들어 불면증을 고치게.

네 번째 광인. 모든 대학이 내게 찬사를 보낼 거야. 내가 비누 제조업자를 변비에 걸리게 했거든. 대단한 걸작이었지.

(여덟 명의 광인들이 음악에 맞추어 춤을 추고, 그 후에 보솔라가 노인으로 변장하여 등장한다. [광인들은 퇴장])

공작부인. 저 사람도 미쳤는가?

하인. 그에게 물어보십시오. 전 이만 가보겠습니다.

(퇴장)

보솔라. 전 마님의 무덤을 만들러 왔습니다.

공작부인. 하, 내 무덤이라고! 당신은 내가 마치 죽을병이라도 걸려 숨을 헐떡이는 것처럼 말하는군. 내가 병이 든 것 같소?

보솔라. 그렇습니다. 그보다 더 위험하지요. 마님의 병은 감지할

---

75) 뜨거운 우유에 포도주, 향료 등을 넣은 음료. 미친 의사는 박쥐가 수면제를 만드는 데 적합한 젖을 낼 거라고 생각한다.

수가 없으니까요.

공작부인. 당신은 분명 미치지 않았군. 날 아는가?

보솔라. 그렇습니다.

공작부인. 내가 누구지?

보솔라. 마님은 세멘시나76) 한 상자지요. 기껏해야 그린 머미77) 한 상자에 불과하지요. 이 육신이 무엇입니까? 약간의 엉긴 우유를 반죽해 놓은 것에 불과하지요. 우리의 육신이란 남자아이들이 파리를 가두어 놓는데 사용하는 종이 감옥보다 더 나약하지요. 우리 육신은 구더기 저장용이니 그보다 더 경멸스럽지요. 새장 속에 갇혀있는 종달새를 본 적이 있습니까? 육신 속에 있는 영혼도 그와 같은 존재지요. 이 세상은 종달새의 조그만 잔디 조각78)과 같습니다. 그리고 우리 머리 위의 하늘은 종달새의 거울 조각처럼 우리에게 우리가 갇혀있는 감옥이 얼마나 작은 지 그 비참함을 알려줄 뿐입니다.

공작부인. 내가 그대의 공작부인이 아니던가?

보솔라. 마님은 분명 위대한 여성입니다. 쾌활한 젖 짜는 여자보다도 20년이나 더 일찍 흰 머리로 덮인 마님의 이마에서도 나이를 구별하기 힘드니 말입니다. 마님은 생쥐가 고양이의 귀 속에 거처를 잡아야만 하는 경우보다 더 잠을 못자지요. 이제 갓 이빨이 나오는 어린 아기도 만약 마님과 함께 자게 된다면, 마치 마님이 잠버릇이 더 고약한 사람인 것처럼 울어댈 겁니다.

공작부인. 난 아직도 말피 공작부인이다.

---

76) 이 식물의 꽃을 말린 재료는 구충제로 사용되었다.
77) 미이라를 이용해서 만든 약 종류
78) 새장 속에 만들어준 잔디를 가리킨다.

보솔라. 그것 때문에 잠을 못자는 것이지요.

영광이란 반딧불처럼 멀리서는 밝게 빛나지만,

가까이에서 보면 열도 빛도 없거든요.

공작부인. 넌 매우 솔직하군.

보솔라. 제 역할은 산 자가 아닌 죽은 자를 위로하는 것이지요.
전 무덤 만드는 사람입니다.

공작부인. 그럼 당신은 내 무덤을 만들러 온 건가?

보솔라. 그렇습니다.

공작부인. 날 조금만 즐겁게 해 다오.

어떤 재료로 내 무덤을 만들 작정이지?

보솔라. 아니, 먼저 결정해 주십시오. 어떤 유행으로 꾸며드릴까요?

공작부인. 이런, 죽을병에 걸리면 환상적이 되는 걸까?

무덤 속에서도 유행을 따지는가?

보솔라. 가장 적극적으로 따지지요. 무덤에 있는 군주들의 상은 늘
그랬던 것처럼 하늘을 향해 기도하는 것처럼 보이게 놓이지 않고, 마
치 치통 때문에 죽은 것처럼 뺨 아래쪽에 손을 올리고 있지요. 그들
의 눈은 별들을 향해 고정되도록 조각되지 않고, 그들의 마음이 완전
히 속세에 기울어있었던 것처럼, 똑같은 쪽으로 얼굴을 돌리고 있는
것처럼 보이지요.

공작부인. 그렇다면 이처럼 불길한 준비를 하는 당신의 목적이

무엇인지 분명히 말해 보라.

이런 얘기는 납골당에나 어울리지.

보솔라.   말씀드리지요.

(관, 밧줄, 그리고 종을 든 집행관들이 등장)

여기 마님의 오라버니들이 준비한 선물이 있습니다.

마지막 배려이고 마지막 슬픔을 담고 있으니, 기쁘게
받아 주시지요.

공작부인.　　　　　　　내게 보여 다오.
내 피 속엔 순종적 기질이 너무 많이 있어.
그들의 이익을 위해 그들의 피에도 그게 있으면 좋겠군.

보솔라. 이곳은 마님이 세상을 하직하게 될 마지막 방이지요.

카리올라. 오 마님!

공작부인.　　　　　조용히 해라, 난 두렵지 않다.

보솔라. 저는 사형수들의 형이 집행되기
전날 밤에 그들을 찾아가는
평범한 종치기지요.

공작부인.　　　　　　방금 전에 넌
무덤 만드는 사람이라고 했다.

보솔라. 그것은 마님을 서서히 죽음의 휴식 상태로
이끌기 위해서였죠. 들어보시지요.

쉿 조용히, 이제 만물이 고요하다!
부엉새와 휘파람새만이 날카로운
큰 소리로 공작부인을 불러,
그녀에게 빨리 수의를 입으라 한다.
당신은 많은 땅과 수입을 갖고 있었으니,
이제 흙 속에 누울 자리는 충분하다.
오랜 전쟁이 당신의 마음을 어지럽혔으니,
여기 영원한 안식이 약속되도다.
바보들이 그렇게 헛되이 지키려는 것이 무엇인가?

임신으로 죄를 짓고, 출산으로 고통 받으며,
그들의 삶은 실수투성이고,
그들의 죽음은 끔찍한 공포의 폭풍우.
향기로운 가루를 머리에 뿌리고,
깨끗한 린넨 옷을 입고, 발을 씻으며,
(나머지는 악마가 알아서 하겠지)
십자가로 당신의 목을 축복하라.
이제 낮과 밤사이에 밀물이 밀려드니,
슬픔을 거두고, 고이 잠들라.

카리올라. 꺼져라, 악당들, 폭군들, 살인자들! 오 이럴 수가!
마님을 어떻게 하려는 거냐? 도움을 청하세요.

공작부인. 누구에게 도움을 청한단 말이냐? 옆방의 이웃들에게?
그들은 미치광이들이야.

보솔라. (집행인들에게) 떠들지 못하게 해라.

공작부인.   안녕, 카리올라.
내 마지막 유언에서 줄 것이 많지 않구나.
걸신들린 자들이 이미 많이 먹어치워서,
네게 줄 것은 사후의 보잘 것 없는 상속뿐이구나.

카리올라. (집행인들에게)   나도 마님과 함께 죽겠다.

공작부인. 바라건대, 내 어린 아들이 감기 들면 약 먹여주는
걸 잊지 말고, 딸아이는 잠자기 전에 꼭 기도하라고
일러다오. (집행인들이 카리올라를 강제로 끌고나간다)
이제 네가 원하는 대로 하라.
어떻게 죽는 거지?

보솔라.   교살이오. 집행인들이 여기 있소.

공작부인. 그들을 용서하겠다.

　　　　졸중, 감기, 혹은 폐렴같은 증상들도 그들과

　　　　같은 짓을 할 테니 말이다.

보솔라. 죽음이 두렵지 않소?

공작부인.　　　　　　　누가 죽음을 두려워 할 것인가?

　　　　저 세상에서 그렇게 훌륭한 사람들을 만나는

　　　　것을 안다면 말이다.

보솔라. 그렇지만, 마님이 죽는 방식은

　　　　많이 고통스러울 것이오.

　　　　이 밧줄이 두렵습니까?

공작부인.　　　　　　　조금도 두렵지 않다.

　　　　다이아몬드로 목이 잘린다면 쾌감이 좀 있지

　　　　않을까? 아니면 맛있는 계피로 숨이 막혀죽는

　　　　것은 어떨까? 아니면 진주 알맹이가 몸에 박혀

　　　　죽는 건 어떨까? 죽음에는 사람들이 출구로

　　　　사용할 수만 개의 문이 있다는 걸 난 알고 있다.

　　　　그들은 그렇게 이상한 기하학적인 경첩으로 다가가

　　　　두 가지 방식79)으로 문을 열 수 있지. 어쨌든, 제발,

　　　　그렇게 해서 그대의 유혹에서 벗어날 수 있기를 바란다.

　　　　난 지금 정신이 말짱하니, 내가 죽음을 그들이

　　　　줄 수 있는, 혹은 내가 받을 수 있는 최고의 선물로

　　　　여긴다고 오라버니들에게 전해다오.

　　　　난 기꺼이 여성의 결함80)을 마지막까지 연장시키겠다.

---

79) 문을 당겨서 여는 방식과 밀어서 여는 방식 두 가지를 가리킨다.

80) 여성의 수다스러움을 비난하는 당대의 시각에 빗대어 살인자들을 비

난 너희들을 지루하게 하진 않을 것이다.

집행인들.   분부만 내리십시오.

공작부인. 내 숨은 너희 마음대로 끊어도 좋지만, 내 시신은
내 시녀들에게 넘겨다오, 알겠지?

집행인들.   알겠습니다.

공작부인. 당겨라, 세게 잡아당겨. 너희들의 힘으로
하늘을 내게 끌어당겨야 하니 말이다.
잠깐 기다려라. 하늘의 문들이 궁정의 문만큼
아치가 높지 않구나. 거기에 들어가려는 자들은
무릎으로 기어가야만 한다. [무릎을 꿇는다] 오너라,
광포한 죽음이여,
날 잠들게 할 흰 독말풀을 준비하라!
내가 숨이 넘어가면, 내 오라비들에게 말하거라.
그때에야 그들이 마음 편히 식사를 할 수 있을 테니.

                                (그들이 그녀의 목을 조른다)

보솔라. 그 시녀는 어디 있느냐?
그녀를 데려와라. 몇 명은 아이들을 목 졸라라.
(집행인들이 카리올라를 데려온다. 그리고 한 명이 아이들을
죽이러 간다)
보아라, 거기 네 마님이 주무시는구나.

카리올라.   오, 당신은 이 짓의 대가로
영원히 저주받을 거예요! 다음은 내 차례구나.
순서가 그렇게 되어있지 않나요?

보솔라. 그렇다. 그렇게 마음의 준비가 잘 되어

방한다고 여겨진다.

　　　　　　　　　　있는 걸 보니 기쁘군.

카리올라.　　　　　　　　　　그렇지 않아요.

　　　　　　난 준비가 되어 있지 않아요. 난 죽지 않을 거야.

　　　　　　난 먼저 내 변호를 할 거예요. 그리고 내가

　　　　　　무슨 잘못을 했는지 알아야겠어요.

보솔라.　　　(집행인들에게) 자, 그녀를 끌고 가라.

　　　　　　넌 공작부인의 상담역이었으니, 이젠 우리의 상담역이

　　　　　　될 거야.

카리올라.　　난 죽지 않겠어. 죽어선 안돼. 난 젊은 신사분과

　　　　　　약혼을 했단 말이에요.

집행인들.　　　　　　　　　네 결혼반지는 여기 있지.

카리올라.　　공작님과 얘기하게만 해주세요. 그분을 배신한

　　　　　　자를 밝혀낼 테니.

보솔라.　　　　　　　　뭘 꾸물거려! 목을 졸라라.

집행인들.　　이 년이 물어뜯고 할퀴는군!

카리올라.　　　　　　　　　당신들이 지금 날 죽이면,

　　　　　　난 저주를 받는단 말이에요. 최근 2년 동안 고해성사를

　　　　　　하지 않았단 말이에요.

보솔라.　　　　　　　언제까지 기다릴 거야?

카리올라.　　　　　　　　　　난 임신 중이야.

보솔라.　　　저런, 그렇다면,

　　　　　　너의 명예는 지켜지겠군.[81]　(집행인들이 그녀의 목을

　　　　　　조른다)

　　　　　　시체를 옆방으로 끌고 가라.

---

81) 죽으면 사생아를 낳는 부끄러움을 당하지 않아도 된다는 뜻이다.

조용히 누워있게 해주는 거지.

(집행인들이 카리올라의 시체를 끌고 퇴장)

(퍼디난드 등장)

퍼디난드. 그녀는 죽었느냐?

보솔라. 나리께서 원하시는 대로
되었습죠. 하지만 여길 보시면 연민을 느끼실 겁니다.

(목 졸려 죽은 아이들을 보여준다)

아아, 이것들이 무슨 잘못을 저질렀단 말입니까?

퍼디난드. 늑대 새끼들의 죽음을 불쌍하게
여기지는 않을 것이다.

보솔라. 눈을 돌리지 말고 이곳을 보십시오.

퍼디난드. 계속해서 보고 있다.

보솔라. 울지 않으십니까?
다른 죄들은 단지 말을 하지만 살인은 비명을 지르지요.
물은 땅을 축축하게 적시지만,
피는 위로 날아올라 하늘을 적시지요.

퍼디난드. 그녀의 얼굴을 가려라. 눈이 어찔하다. 너무 젊은 나이
에 죽었어.

보솔라. 그렇지 않습니다. 그녀는 너무 오랜
세월동안 불행을 겪었어요.

퍼디난드. 그녀와 난 쌍둥이였다.
내가 지금 죽는다면, 나도 꼭 그녀만큼
살은 거야.

보솔라. 그녀가 먼저 태어났나 보군요.
나리는 잔인하게도 친족이 낯선 사람보다도

더 나쁜 짓을 한다는 옛말이 틀리지 않다는

것을 확인시켜준 셈이군요.

퍼디난드. 그녀의 얼굴을 다시 한번 보게 해다오.

왜 그녀를 불쌍히 여기지 않았느냐?

만약 네가 그녀를 어디 성소로 피신시켰다면,

넌 참으로 정직한 자가 될 수도 있었을 텐데!

그렇지 않으면 선의로 담대해져

그녀의 무죄와 나의 복수심 사이에서

머리 위로 들어올린 너의 칼을 막을 수도 있었을 텐데!

난 이성을 잃었을 때, 네게 가서 나의 가장 소중한

친구를 죽이라고 명했는데, 넌 그렇게 했다.

그러니 그 이유를 잘 생각해 봐야겠다.

그녀 남편의 천한 신분이 내게 무슨 의미가 있었나?

그저 내가 바란 건, 만약 그녀가 과부로 남아 있었다면,

그녀가 죽었을 때 많은 보물을 얻을 수 있을

거라는 것뿐이었다.

그리고 그것이 주된 이유였어. 그녀의 결혼 말이야!

그것이 내 심장에 증오의 강물을 끌어들였어.

너로 말하자면,   (비극에서 선한 배우가 악당 역을

해서 여러 번 비난 받는 것을 우리가 목격하듯이),

난 그 때문에 너를 증오한다.

그러니 네가 나쁜 짓을 저질렀다고 말하여라.

보솔라. 나리의 기억을 일깨워 드려야겠군요. 나리께서 은혜를

무시하는 것 같으니까요. 저의 수고에 대한

보상을 요구합니다.

퍼디난드.   분명히 말하는데,
       내가 너에게 줄 것은,

보솔라.   말씀하시지요.

퍼디난드.   이 살인을
       용서해 주는 것이다.

보솔라.   하?

퍼디난드.   그렇다. 그것은
       내가 너를 위해 줄 수 있는 가장 큰 보상이다.
       너는 어떤 권한으로 이 잔혹한 살인을
       집행했느냐?

보솔라.   나리의 권한이었지요.

퍼디난드.   내 권한? 내가 그녀의 재판관이었나?
       어떤 공식적인 법률이 그녀에게 죽음을
       선고했느냐? 어떤 완벽한 배심원이
       법정에서 그녀의 유죄를 결론지었느냐?
       지옥이 아니면 어디에서 네가 이 심판 기록을
       찾을 수 있겠느냐? 봐라, 잔인한 바보처럼,
       넌 생명을 몰수당했고, 그로인해 죽게 될 것이다.

보솔라.   도둑놈이 다른 도둑놈을 교수형 시키는 판국이니,
       법정은 완전히 기능을 잃은 셈이군요. 누가 감히
       이 사실을 폭로하겠습니까?

퍼디난드.   오, 내 말을 들어보아라.
       늑대가 그녀의 무덤을 찾아 파헤칠 것이다.
       시체를 먹기 위해서가 아니라, 끔찍한 살인을
       밝혀내기 위해서지.

보솔라.   그렇게 되면 제가 아닌 나리가 떨게 될 겁니다.

퍼디난드. 당장 나가거라.

보솔라.   먼저 제 보상금을 받아야겠습니다.

퍼디난드. 이런 악당 같으니.

보솔라.   나리의 배은망덕이 재판관이니,
저도 마찬가지입니다.

퍼디난드.   오 끔찍하군!
악마들을 꼼짝 못하게 하는 하느님에 대한 두려움조차
인간을 복종시킬 수 없다니!
다시는 내 앞에 얼씬도 하지 마라.

보솔라.   그럼, 안녕히 계시지요.
당신네 형제는 꽤나 훌륭한 양반들이군요.
두 분은 텅 빈 무덤과 같은 썩은 한 쌍의 심장으로
다른 심장들도 썩게 만들고, 두 분의 복수는
사슬로 연결된 두 개의 포탄처럼 여전히 팔을 끼고 있군요.
그래서 형제인가 봅니다. 배신이 역병처럼 같은 피 속에
자리 잡고 있으니 말입니다. 난 오랫동안 달콤한 황금빛
꿈을 꾸고 있었던 것 같소. 그런데 이제 꿈에서 깨어보니,
내 자신에게 분노가 치미는군요.

퍼디난드. 내가 너를 다시는 보지 않도록 아무도 모르는
곳으로 가버려라.

보솔라.   왜 제가 이렇게 무시를
당해야 하는지 알려주십시오. 나리, 전 나리의
포학 행위를 위해 봉사했고, 온 세상보다도 오히려
나리를 만족시켜드리기 위해 애썼습니다.

그리고 전 악행을 싫어했지만, 악행을 명하는
나리를 사랑했으며 정직한 자보다는 오히려 충직한
하인이 되고자 했습니다.

퍼디난드. 해질 무렵이니 오소리 사냥이나 가야겠다.
어둠 속에서 하기 좋은 일이지.   (퇴장)

보솔라. 완전히 돌아버렸군. 벗어버려라, 허울뿐인 명예를!
헛된 희망으로 우리의 재능을 소진시키는 동안,
우린 얼음 속에서 땀을 흘리고 불 속에서 추위에 떤다.
난 어떻게 해야 하나, 이런 짓을 또 반복해야 하는가?
유럽의 모든 부를 준다고 하더라도 내 양심의 평화와
바꾸지 않을 것이다. 그녀가 움직인다. 살아있어!
아름다운 영혼이여, 어둠에서 돌아와서, 내 영혼을 이
지옥에서 벗어나게 해주오. 몸이 따뜻하고 숨을 쉬네!
당신의 창백한 입술이 혈색을 회복할 수 있도록
내 심장이라도 녹이겠소. 거기 누구 없소?
심장을 뛰게 할 마실 것을 좀! 아아, 부르지를 못하겠구나.
연민은 연민을 파괴할 것이다[82]. 그녀가 눈을 뜬다.
그 눈 속에서 얼마 전에 닫혔던 하늘 문이 내게 자비를
베풀기 위해 열리는 것 같구나.

공작부인. 안토니오!

보솔라.   예, 마님, 그는 살아있습니다.
마님께서 보신 시체들은 단지 가짜 조각상들이었습니다.
그는 마님의 형제들과 화해를 했고, 교황으로부터
속죄함을 받았습니다.

---

82) 사람을 부르면 퍼디난드가 올 것을 예상한 말이다.

공작부인.   자비를!   (죽는다)

보솔라.   오, 다시 숨이 끊어졌어! 생명의 끈이 끊어져 버렸어.

오 신성한 순수는 비둘기들의 깃털 위에서 달콤하게

잠들어 있는데, 죄의식은 우리의 모든 선행과 악행이

기록되어 있는 검은 장부이고, 우리에게 지옥을

보여주는 거울이구나! 선행을 하고자 하는 마음이

있는데도 그것이 허락되지 않는구나!

이것이 슬플 뿐이다.

내가 확신하건대, 이 눈물은 내 어머니의 젖에서

생겨난 것이 아니다. 나의 상태는 두려움 그 밑으로

가라앉아 버렸다.[83] 이 참회의 샘들이 그녀가 살아있는

동안에는 어디에 있었단 말인가?

오, 그것들은 꽁꽁 얼어있었지! 자신의 아버지를 죽인

비열한 자에게 향한 칼처럼 내 영혼을 두렵게 하는

광경이 여기 있구나. 자, 이제 여기에서

당신을 옮겨 당신의 마지막 유언대로

할 것이오. 그것은 바로 당신의 시신을

착한 시녀들에게 전해주는 것이오.

저 잔인한 폭군도 날 막지는 못할 것이다.

그리고 나서는 밀라노로 떠나야겠다.

그곳에서 나의 절망의 무게만큼이나 신속히

처리해야 할 일이 있다.

                    (공작부인의 시신을 메고 퇴장)

---

83) 두려움의 상태를 넘어섰다는 것을 표현한 것으로 여겨짐.

제 5 막

<제 1 장>

(안토니오와 델리오 등장)

안토니오. 아라곤의 형제들과 화해하고자 하는 내 희망에 대해
    자네는 어떻게 생각하나?

델리오.   난 우려하는 마음이 앞서네.
    비록 그들이 자네가 밀라노로 돌아오는 것을 위해
    안전을 약속하는 편지를 보내긴 하였지만,
    자네를 사로잡으려는 함정인 것처럼 보이거든.
    페스카라 후작 밑에서 자네가 조건부[84]로
    땅을 소유하고 있지만, 후작은 귀족 신분에
    어울리지 않게 이 땅들을 빼앗으려 해 왔고,
    그의 부하들 중 일부는 지금도 자네 땅에서 얻는
    수입을 함께 나누게 해 달라고 청하고 있다네.
    난 그들이 자넬 잘 살게 해주려는 것이라 생각지 않네.
    그건 자네 삶의 수단, 즉 생계수단을
    빼앗는 것일세.

안토니오. 자넨 여전히 내 스스로 안전을 꾀할 수 있다는
    사실을 믿지 않는군.

(페스카라 등장)

---

84) 안토니오는 만약 그가 상속자 없이 사망한다거나 반역을 꾀한다면 그
    가 소유한 땅은 페스카라 후작에게 몰수된다는 조건으로 땅을 소유
    했다.

델리오. 후작이 오는군. 상황이 어떻게 진행되는지
　　　　알아보기 위해 내가 자네 땅의 일부를 청하는 척
　　　　해 보겠네.

안토니오. 　　　　그렇게 하게나. 　　　　　(자리를 피한다)

델리오. 후작님, 청이 하나 있습니다.

페스카라. 　　　　　　　　나에게?

델리오. 　　　　　　　　　　　간단한 청입니다.
　　　　최근 안토니오 볼로냐가 소유하게 된
　　　　사유지가 딸린 성 베넷[85]의 요새가 있는데,
　　　　제발 그걸 제게 주십시오.

페스카라. 자넨 내 친구이지만 이건 내가 줄 수 있는 것도
　　　　자네가 가질 수 있는 것도 아닐세.

델리오. 안됩니까?

페스카라. 　　　　곧 비밀리에 자네에게 충분한 이유를
　　　　설명해 주겠네.
　　　　　　　　　(줄리아 등장)
　　　　　　　　여기 추기경의 정부가 오는군.

줄리아. 후작님, 제가 추기경님의 편지를 갖고 있지 않다면,
　　　　후작님께 제게 호의를 베풀어 달라고
　　　　간청하는 불쌍한 청원자가 되어 비참한
　　　　거지꼴이 되었을 겁니다. 　　　　(편지를 준다)

페스카라. (편지를 읽은 후에) 　　추기경은 추방당한
　　　　볼로냐가 소유한 성 베넷 요새를 당신에게
　　　　주라고 청하는군.

---

85) 베네딕트의 다른 이름.

줄리아.　　　　　　　　그렇습니다.

페스카라.　당신이 아니었다면 그걸 주어 내가 기쁨을 느낄 수 있는
　　　　　　친구를 생각할 수 없었을 것이오. 그건 당신 것이오.

줄리아.　감사합니다, 후작님.
　　　　　후작님께서 제게 주신 선물과 이렇게 속히 결단을
　　　　　내려주신 것에 대해 제가 얼마나 이중으로 감사하는지
　　　　　추기경님께서 알게 되면 후작님께 더 큰 상을 주실 겁니다.
　　　　　　　　　　　　　　　　　　　　　　(퇴장)

안토니오.　(방백)　나의 파멸을 이용해 더욱 자신들의
　　　　　　배를 채우는군.

델리오.　　　　　　　　후작님, 전 후작님과는 별 관계가
　　　　　없는 사람이로군요.

페스카라.　　　　왜 그러나?

델리오.　후작님은 제게는 이 청을 거절하면서 그런 여자에게
　　　　　그 요새를 주었기 때문입니다.

페스카라.　　　　　　　　그게 어떤 땅인지 아는가?
　　　　　그건 안토니오의 땅이었네. 합법적으로 몰수된 것이
　　　　　아니라, 추기경의 청에 의해서 그의 목구멍에서
　　　　　강탈된 땅일세. 내가 그런 부당하게 얻은 땅을
　　　　　내 친구에게 주는 것은 온당치 않네. 그건 부당한
　　　　　일이기 때문에 매춘부에게서나 만족을 얻는 걸세.
　　　　　내가 내 친구라고 부르는 자에게 더 호의를
　　　　　얻기 위해서 죄 없는 자의 피를 뿌려야
　　　　　할 것인가? 난 주인에게서 그렇게 부당하게 몰수된
　　　　　이 땅이 그의 욕정을 위한 보상으로 그렇게 다시

더러운 수단으로 사용되어 기쁘네. 자, 착한 델리오,
내게 고귀한 것들을 간청해 보게나. 그러면
자넨 내가 고귀한 수여자라는 걸 알게 될 걸세.

델리오. 잘 알겠습니다.

안토니오. (방백) 저런, 이 양반은 뻔뻔스러운 거지의 무례함을
물리치는 법을 알고 있는 분이로군.

페스카라. 퍼디난드 공작께서 밀라노에 오셨는데,
졸중풍으로 편찮으시다고 그러는데,
어떤 자들은 정신착란이라고 그러더군.
난 그분을 만나러 가야겠네.　　　　　(퇴장)

안토니오.　　　　　고결한 노인이로군.　 (앞으로 나온다)

델리오. 이제 어떻게 할 셈인가, 안토니오?

안토니오. 오늘 밤에 난 추기경의 극악한 행위에 맞서
기껏해야 불쌍한 삶을 연명하고 있는
나의 운명을 모두 걸 작정이네. 한 때
그녀의 오빠가 고결한 공작부인에게 했던 것처럼
난 한 밤중에 몰래 그의 방에 다가가
그를 만날 생각이네.
변장을 하지 않고 내 모습 그대로 가기 때문에,
위험에 대한 갑작스런 우려가 따를 수는 있지만,
그가 나의 방문이 사랑과 의무로 가득 차 있는 것을
알게 되면, 그에게서 독을 빼내어 화해를
할 수도 있네. 만약 실패하면, 그때는
이 비참한 삶을 마감하게 되겠지. 계속해서 추락하는
것보다는 한번 추락하는 것이 더 낫기 때문일세.

델리오. 난 어떤 위험 속에서라도 자넬 돕겠네. 어떤 일이
일어나더라도 내 삶은 자네 삶과 나란히 갈 걸세.

안토니오. 자넨 여전히 내가 사랑하는 최고의 친구일세. (모두 퇴장)

<제 2 장>

(페스카라와 의사 등장)

페스카라. 자, 의사 선생, 내가 환자를 만나 봐도 되겠소?

의사. 원하시는 대로 하십시오. 하지만 공작님께선
지금 제 지시에 따라 이곳 회랑에서 공기를
마실 예정입니다.

페스카라. 쯧쯧, 공작님의 병은 뭔가?

의사. 매우 치명적인 병입니다, 후작님.
낭광[86]이라고 불리는 병이지요.

페스카라. 그게 무슨 병인가?
그걸 이해하려면 사전이 필요하겠군.

의사. 제가 말씀드리지요.
그 병에 걸린 사람들은 우울증이 너무 심해
자신이 늑대로 변한 것으로 상상하고,
칠흑같이 어두운 밤에 교회의 공동묘지로 몰래가서,
시체를 파냅니다. 이틀 전날 밤에
어떤 사람이 성 마가 교회 뒷길에서
어깨에 사람의 다리를 메고 있는 공작님을
만났답니다. 그는 무섭게 울부짖으며
자신이 늑대라고 말했답니다.

---

86) 자신을 늑대나 이리와 같은 짐승으로 여기는 정신병

단지 차이점은 늑대의 피부에는
겉에 털이 나 있는데, 자신의 경우는
안에 털이 나있다고 했답니다. 그리고 사람들에게
칼을 잡고 자신의 피부를 찢어 확인해보라고
했답니다. 즉시 제가 소환되었고, 공작님을 보살펴드렸더니
말짱하게 아주 많이 회복되셨습니다.

페스카라.   정말 다행이오.

의사.   하지만 재발할 우려가 없는 것이 아닙니다.
만약 공작님이 다시 발작을 일으키면,
전 파라셀서스[87)]가 꿈꾸었던 것보다 더 **빠른**
방법으로 그분을 치료할 겁니다. 허락만 된다면,
전 그분을 때려서 광기를 치유할 겁니다.

(퍼디난드, 말라테스테, 그리고 추기경 등장. 보솔라가 뒤
따라와서 한쪽에 비켜서서 지켜본다)

여기 기다리세요. 공작님이 오십니다.

퍼디난드. 날 내버려 둬.

말라테스테. 왜 이렇게 혼자 있으려고만 하십니까?

퍼디난드. 독수리들은 흔히 홀로 날지. 떼 지어 다니는 것들은
까마귀, 갈가마귀, 찌르레기 같은 것들이야. 이봐, 날 따라오는 저
게 뭐지?

말라테스테. 아무 것도 없습니다.

퍼디난드. 아니야, 있어.

말라테스테. 공작님의 그림자입니다.

퍼디난드. 그걸 멈추게 해라. 날 따라오지 못하게 해.

---

87) 스위스 출신의 유명한 의사이자 마법사(1493-1541).

말라테스테. 공작님이 움직이고 태양이 비추는 한 그건
　　　　　불가능합니다.

퍼디난드. 놈을 목 졸라 죽여 버리겠어.
　　　　　　　　　　　　(자신의 그림자 위로 몸을 덮친다)

말라테스테. 오, 공작님, 형체도 없는 것에 화를 내시는군요.

퍼디난드. 자넨 바보로군. 내가 덮치지 않으면, 어떻게 내 그림자를
잡을 수 있겠나? 지옥에 갈 때, 난 뇌물을 가져갈 작정이야. 자네도
알겠지만, 좋은 선물은 항상 최고의 악당에게도 길을 열어주거든.

페스카라. 일어나십시오, 공작님.

퍼디난드. 난 인내심을 연구하고 있는 중이오.

페스카라. 그건 고귀한 덕목이지요.

퍼디난드. 내 앞에 있는 여섯 마리의 달팽이를 이 도시에서 모스
크바까지 가게 하는데, 막대기로 찌르거나 매질을 하지 않고 스스
로 가게 하는 거요. 세상에서 가장 인내심 강한 자가 이 실험에서
나와 대결해 보라지. 그리고 나는 양치는 개처럼 그 뒤를 기어갈
것이오.

추기경. 그를 일으켜 세우시오.　　　(공작을 일으켜 세운다)

퍼디난드. 제게 잘 대해주십시오. 형님이 최고였어요. 내가 한 건
내가 한 겁니다. 난 아무 것도 자백하지 않겠어요.

의사. 제게 맡겨 주십시오. 미쳤습니까, 공작님? 제 정신이 아니
신 겁니까?

퍼디난드. 이 자는 뭐하는 자요?

페스카라. 공작님 담당 의사입니다.

퍼디난드. 내가 이 자의 턱수염을 톱으로 밀어버리고, 눈썹을 좀
더 예의바르게 정리해 주지.

의사. 그에게 미친 척 해야 합니다. 그것만이 병을 치료할 수 있는 유일한 방법입니다. 제가 공작님 피부가 그을리는 것을 막기 위해 불도마뱀의 껍질을 가져왔습니다.

퍼디난드. 눈알이 못 견디게 쓰라리군.

의사. 독사의 하얀 알이 치료약이지요.

퍼디난드. 갓 낳은 알을 사용해 다오. 자네가 최고였어. 저 자에게서 날 숨겨주시오. 의사들은 왕들처럼 거역을 참지 못하거든.

의사. 이제 절 두려워하기 시작하는군요. 이제 그와 단둘이 있게 해주세요.

추기경. 어찌 된 건가? 의사 가운을 벗는 건가?

의사. 장미향수로 가득 찬 마흔 개의 오줌통을 준비해 주십시오. 공작님과 제가 서로에게 그것들을 내던질 것입니다. 이제 그가 절 두려워하기 시작합니다. 지그 춤을 추실 수 있습니까, 공작님? 그를 놔 주십시오. 위험을 제게 맡기시고 놔 주세요. 눈을 보면 그가 절 두려워하는 것을 압니다. 그를 다람쥐처럼 온순하게 만들겠습니다.

퍼디난드. 지그 춤을 추실 수 있습니까, 공작님? 내가 이 놈을 짓이겨 고깃국을 만들고, 껍질을 벗겨 이 악당 놈이 저기 냉장실, 바버치러전 홀[88]에 준비한 해부용 시체가 되게 해주겠어. 꺼져라, 꺼져! 네놈들 모두 제물로 바칠 짐승들과 같다. 네놈들에게 남은 거라곤 혓바닥과 위[89], 아첨과 음란함뿐이다.　　　　　　(퇴장)

---

88) 처형당한 죄수들의 시체는 몽크스웰가에 있는 바버서전(바버치러전) 홀로 옮겨져 그곳에서 절개되거나 보전되어 박물관에서 해부된 상태로 전시되었다.

페스카라. 의사 선생, 당신을 완전히 두려워하진 않는군.

의사. 맞습니다. 제가 너무 앞서나갔던 것 같습니다.　　　　(퇴장)

보솔라. (방백) 내게 자비가 임하기를,

　　　　얼마나 무서운 심판이 이 퍼디난드에게 내린 것인가!!

페스카라.　　　　　　추기경님께서는 어떤 사고로 인해

　　　　공작께서 이런 이상한 정신착란에 걸리게 되었는지 아십

　　　　니까?

추기경. (방백) 잘 모르는 척 해야겠다. (그들에게)

　　　　이렇게 되었다고들 그러더군.

　　　　자네들도 최근 여러 해 동안 떠도는 소문을 들었겠지만,

　　　　늙은 노파만 나타나지 않으면 우리 가족은

　　　　죽지 않소. 그런데 옛날부터 그 노파는 그녀의

　　　　재산 때문에 조카들에게 살해당했다고

　　　　알려져 왔소. 어느 날 밤 공작이 늦게까지 책을

　　　　읽고 있을 때, 그 노파가 그에게 나타났소.

　　　　살려달라고 외치는 소리를 들었을 때,

　　　　그의 방을 지키는 자들이 식은땀에

　　　　흠뻑 젖어 표정과 말도 많이 변해버린

　　　　공작을 발견한 거요. 그 환영이 나타난 이후로

　　　　그는 더욱 더 악화되었고, 난 그가 살 수 없을 까봐

　　　　많이 우려하고 있소.

보솔라. 추기경님, 드릴 말씀이 있습니다.

페스카라.　　　　　　　　　　　병든 공작님이

---

89) 고대 희생제에서 혀와 내장은 신들을 위한 것으로 남겨졌다. 여기에
　　서 혀와 위장은 아첨과 식욕을 나타낸다.

몸과 마음이 모두 건강해지시기를 바라면서

저흰 이만 가보겠습니다.

추기경.   와 주시어 고맙소.

> (추기경과 보솔라만 남기고 모두 퇴장)

그래, 왔느냐? (방백) 이 자는 내가

공작부인의 죽음에 대해 알고 있다는 사실을

결코 알지 못할 거야. 비록 내가 조언을 해

주었지만, 모든 일은 퍼디난드가 꾸민 것처럼

보였을 테니까 말이야. (보솔라에게) 이보게,

내 누이는 어떻게 지내는가?

슬픔 때문에 그녀의 얼굴이 자주 염색한 외투처럼

보일 거라고 생각되는군. 이젠 그녀가 내게서 위로를

맛볼 수 있을 걸세. 왜 그렇게 사나운 표정을 짓는 거지?

오, 자네의 주인인 공작의 운명 때문에 낙담하는

거로군. 하지만 안심하게나.

만약 자네가 날 위해서 한 가지 일만 해 준다면,

비록 공작이 묘지에 묻히게 된다 하더라도

자네가 원하는 것을 들어주겠네.

보솔라.   어떤 일이든

말씀만 하십시오. 전 행동할 준비가 되어 있습니다.

오래 생각하는 자들은 발전이 없지요.

너무 오래 고민하다보면 일을 시작할 수 없으니까요.

> (줄리아 등장)

줄리아. 저녁 식사하러 들어오시겠어요?

추기경.   난 바쁘니 내버려 두시오.

줄리아. (방백) 저 사람은 정말 멋진 몸매를 가졌군!

(퇴장)

추기경. 그 일은 이걸세. 안토니오가 이곳 밀라노에 숨어있네.
그를 불러내어 죽이게. 그가 살아있는 동안에는
내 누이가 결혼할 수가 없어. 난 그녀를 위해 훌륭한
혼처를 생각하고 있네. 이 일을 해주게. 그리고
자네가 원하는 관직을 말해 보게.

보솔라. 하지만 어떻게 그를 찾아내지요?

추기경. 여기 막사에 델리오라는 신사가 있네.
그 자는 오랫동안 안토니오의 충직한 친구로
여겨져 왔어. 그 자에게서 눈을 떼지 말고,
미사에 따라가 보게. 안토니오는 종교를
신부들의 발명품 정도로 생각하지만,
습관적으로 그를 따라올 수도 있지.
그렇지 않으면 델리오의 고해신부를 찾아가
그에게 뇌물을 주어 비밀을 누설하게
할 수 있는지 알아보게. 그의 행방을 찾아낼 수
있는 방법은 수없이 많아. 가령 어떤 자들이
큰 금액의 돈을 모으기 위해 유태인들 주변에 나타나는지
알아보는 거야. 그는 분명히 돈이 필요할 테니까.
아니면 그림 제작자에게 가서 누가 최근에 공작부인의
초상화를 샀는지 알아보는 거야. 이 방법들 중에
분명히 걸리는 것이 있을 거야.

보솔라. 저도 손놓고 있지는 않을 겁니다.
수단 방법을 가리지 않고 그 비천한 안토니오를

찾아내겠습니다.

추기경. 　　　　　그렇게 하게, 그럼 잘 지내게. 　　(퇴장)

보솔라. 이 자의 눈 속에는 바실리스크[90]가 자라고 있군.

그는 기껏해야 살인자에 불과해. 하지만 공작부인의

죽음에 대해 모르는 척 하는 것 같군.

이건 그의 속임수야. 그의 방식대로 따라해야겠다.

추적하는 데는 늙은 여우의 방식보다 더

확실한 방법은 없으니까 말이야.

(줄리아 그에게 권총을 겨누면서 등장)

줄리아. 　　　　　이보세요, 잘 만났어요.

보솔라. 무슨 일이죠?

줄리아. 　　　　　문들은 단단히 잠겨 있어요.

이제 내가 당신의 배신을 고백하게 만들겠어요.

보솔라. 배신이라구요?

줄리아. 　　　　　그래요, 내 음료수에

사랑에 빠지는 약을 타기 위해 내 시녀 중에 누구를

매수했는지 고백하세요.

보솔라. 　　　　　사랑에 빠지는 약이라구요?

줄리아. 　　　　　　　　　그래요.

내가 말피에 있었을 때 말이에요.

왜 내가 저런 얼굴을 가진 사람과 사랑에 빠져야 하지?

난 이미 당신 때문에 많은 고통을 겪었어요.

내게 도움이 될 유일한 치료법은

나의 욕망을 죽이는 거예요.

---

90) 전설적인 뱀으로 한번 노려보거나 입김을 쐬면 사람이 죽었다고 함.

보솔라.   당신의 권총에는 향수나

사탕 과자가 들어 있는 것이 확실하군요.

아름다운 부인.

당신의 욕망을 얻으려고 깜찍한 방법을

사용하는 군요. 자, 자, 내가 당신을 무장 해제시키고

이렇게 안아주겠소. 하지만 이건 정말 이상하군.

줄리아.   당신의 몸매와 내 눈을 함께 비교해 보세요.

그럼 내 사랑이 그렇게 놀라운 것이 아님을 알 거예요.

당신은 내가 음탕하다고

말하겠지요. 숙녀들이 지키는 이 훌륭한 정조는

그들을 괴롭히는 골치 아픈 친구에 불과해요.

보솔라.   당신도 알다시피, 난 무뚝뚝한 군인이오.

줄리아.   그러니 더욱 좋죠.

분명히, 거칠고 난폭함이 없는 곳에는

타오르는 불도 없지요.

보솔라.   그리고 난 말재주도 없소.

줄리아.   잘 하려는 마음만 있다면

궁중의 예법을 모르는 것이

잘못은 아니잖아요.

보솔라.   당신은 매우 아름답소.

줄리아.   아니, 절 아름답다고 탓하신다면,

전 무죄라고 호소해야겠군요.

보솔라.   당신의 빛나는 두 눈은

그 안에 햇살보다도 더 날카로운 화살들을 지니고

있군요.

줄리아.   칭찬으로 저를 약하게 만드시려 하는군요.

제 마음을 사로잡아 보세요.

지금 전 당신에게 구애하고 있으니까요.

보솔라.   (방백) 바로 그거야. 이 여자를 이용해야겠다.

(그녀에게) 우리 한번 진하게 가까워져 봅시다.

만약 위대한 추기경께서 이런 내 모습을 보신다면,

날 악당으로 생각하지 않으실까요?

줄리아.   아니에요, 그는 절 음탕하다고 생각하실 거예요.

당신은 양심의 가책을 느낄 필요가 없어요.

만약 내가 다이아몬드를 보고 훔친다면,

잘못은 다이아몬드에 있는 것이 아니라,

그것을 훔친 도둑인 내게 있으니까요.

난 순간적으로 당신에게 반했어요.

쾌락을 즐기는 우리 같은 여인들은

불확실한 소망과 설레는 욕망을 중단하고,

한 순간에 달콤한 기쁨과 그럴듯한 변명을

함께 결합시키지요. 당신이 내 방

창문 밑의 거리에 있었다 하더라도,

난 당신에게 구애를 했을 거예요.

보솔라.   오, 당신은 훌륭한 여인이오.

줄리아.   내게 당신을 위해서 뭔가 하도록 명령해 보세요.

내가 당신을 사랑한다는 것을 증명해 보일 테니.

보솔라.   그렇게 하겠소. 만약 당신이 날 사랑한다면,

실패하지 마시오.

추기경은 매우 기분이 좋지 못하오.

그 이유를 물어보시오. 거짓 핑계로 당신을 물리치지

못하게 하고, 진짜 이유를 발견해 내시오.

줄리아. 그걸 왜 알려고 하는 거죠?

보솔라.   난 그에게 의지해 왔소.

그런데 그가 황제와 좋지 않은 관계에 놓였다는

얘기를 들었소. 만약 그렇다면,

쓰러져가는 집을 버리는 쥐처럼,

나도 주인을 바꿀 것이오.

줄리아. 당신은 그 싸움에 휩싸일 필요가 없어요.

내가 당신을 보살펴 주겠어요.

보솔라.   당신의 충직한 하인이 되겠소.

하지만 난 나의 일을 그만둘 순 없소.

줄리아.   아름다운 여인의

사랑을 받고도 배은망덕한 추기경을 떠나지 못하겠다고요?

당신은 깃털 침대에서는 잠을 잘 수 없고, 벽돌을 베개로

사용해야만 하는 종류의 사람들 같군요.

보솔라.   이 일을 하겠소?

줄리아. 노련하게 해치울게요.

보솔라.   내일 그 결과를 기대하겠소.

줄리아. 내일이라구요? 내 장롱 속에 들어가 있으세요.

당신이 원하는 걸 알려주겠어요. 내가 당신에게 해주는

것처럼 날 기다리게 하지 마세요. 난 유죄판결을 받은

죄수와 같아요. 난 면죄부를 약속받았지만 확실하게

날인이 된 것을 보고 싶어요. 가서 장롱 안에 들어가세요.

내 혀로 그의 마음을 비단 실타래처럼 휘감는 것을

보게 해주겠어요.   (보솔라 퇴장)
　　　　(추기경 등장하고 하인들이 뒤따른다)

추기경. 어디 있느냐?

하인. 　　　　여기 있습니다.

추기경. 　　　　　　　　내 허락 없이는
누구도 퍼디난드 공작과 대화를 나누지 못하게
하여라. 　　　　　　　　　(하인들 퇴장)
　　　(방백) 이 광기로 인해
그가 살인을 누설할지도 몰라.
저기 귀찮은 내 소모품이 있군.
난 그녀가 지겨워. 그러니 무슨 수를 써서라도
떼어버려야지.

줄리아. 　　　　어쩐 일이세요, 추기경님?
무슨 걱정이 있으세요?

추기경. 　　　　아무 일도 아니오.

줄리아. 　　　　　　오, 당신 안색이 많이 나쁘셔요.
자, 제가 추기경님의 비서가 되어, 가슴에 있는
그 납덩이를 떼어버릴 게요[91]. 무슨 일이세요?

추기경. 말하고 싶지 않소.

줄리아. 도저히 헤어날 수 없을 정도로 슬픔과
사랑에 빠지셨나요? 아니면 당신이
기쁠 때와 마찬가지로 슬플 때도
제가 당신을 사랑할 수 없다고 생각하시는

---

91) 비서는 주인에게 온 편지를 봉한 납덩이를 떼어내고 주인에게 전달한
　　다.

건가요? 아니면 최근 여러 해 동안 당신의 가슴에
비밀스러운 일부였던 제가 당신의 혀와 똑같을 리
없다고 의심을 하시는 건가요?

추기경.   욕망을 참으시오.
당신에게 비밀을 지키게 하는 유일한 방법은
말을 하지 않는 것이오.

줄리아. 그런 말은 당신의 메아리에게나 하시지요.
아니면 메아리처럼 확실치도 않은 데도
들은 것을 발설하는 아첨꾼들에게나 하세요.
믿으신다면 말씀해 주세요.

추기경. 날 고문할 작정이오?

줄리아.   아니에요. 잘 판단하신다면
말씀해 주실 거예요. 자신의 비밀을 모든 사람에게
말하거나 아무에게도 말하지 않는 것은 똑같은 잘못이에요.

추기경. 전자는 바보 같은 짓이지.

줄리아.   하지만 후자는 포학 행위이지요.

추기경. 좋아. 그럼, 내가 세상이 결코 듣기를
바라지 않는 어떤 비밀스런 일을 했다고
상상해 봐.

줄리아.   그러니까 제가 알아서는 안 된다는 건가요?
당신은 저 때문에 간통과 같은 큰 죄를
숨기셨어요. 지금까지는 제 지조를 시험해
볼 수 있는 기회가 없었잖아요.
제발 말씀해 주세요.

추기경.   후회할 텐데.

줄리아.	절대 후회하지 않아요.

추기경.　그러면 그대는 파멸을 당할 거요. 말하지 않겠소.
　　　　내 충고를 명심하고, 군주의 비밀을 안다는 것이
　　　　얼마나 위험한 일인지 생각해 보시오. 꼭 그럴 필요가
　　　　있었던 자들은 그 비밀을 간직하기 위해서
　　　　가슴을 강철로 둘러쌌다오. 그러니 고집부리지 말고,
　　　　자신의 연약함을 생각해 보시오. 매듭을 푸는 것보다는
　　　　매는 것이 훨씬 더 쉬운 일이지. 그것은 서서히 퍼지는
　　　　독약처럼 그대의 혈관 속에 숨어들어 7년 후에 그대를
　　　　죽일 지도 모르는 비밀이야.

줄리아.　이젠 절 희롱하시는 군요.

추기경.　　　　　　　　그만 뒀소. 말해 주지.
　　　　나의 지시에 의해 말피 공작부인과 그녀의
　　　　어린 두 자식이 4일 전에 목 졸려
　　　　죽었소.

줄리아.　　　오 맙소사! 무슨 짓을 하신 거예요?

추기경.　그래 어때? 이제 이걸 어떻게 할 거요? 그대 가슴이
　　　　그런 비밀을 담아두기에 충분한 어둡고 흐린
　　　　무덤이 될 거라고 생각하시오?

줄리아.　　　　　　　　당신은 스스로를 파멸시켰어요.

추기경.　왜 그렇지?

줄리아.　　　　제가 그 사실을 숨길 수가 없거든요.

추기경.　숨겨둘 수 없다고?
　　　　자, 이 책에 걸고 그대에게 맹세를 시키겠소.

줄리아.　가장 경건하게 하지요.

추기경.   키스하시오. (줄리아가 책에 키스한다)

이젠 결코 발설하지 못할 것이오. 호기심이 그대 자신을

파멸시켰소. 그대는 그 책으로 인해 독에 감염되었어.

그대가 내 비밀을 지키지 못할 것을 알았기 때문에,

죽음으로 비밀을 지키게 한 거지.

                    (보솔라 등장)

보솔라. 제발, 멈추시오!

추기경.   헉, 보솔라!

줄리아.   당신이 행한 이 공평한

심판에 대해 당신을 용서하겠어요.

난 당신의 비밀을 저 사람에게 누설했기 때문이에요.

그는 비밀을 엿들었어요. 내가 숨길 수 없다고 말한

것은 그것 때문이었어요.

보솔라. 오 어리석은 여인,

그를 독살할 수 없었단 말이오?

줄리아.   하지 못한 일을

아쉬워하는 것은 지나치게 약한 모습이에요. 전 가요,

어디로 가는 진 모르지만.   (죽는다)

추기경. (보솔라에게) 이곳엔 웬 일이냐?

보솔라. 퍼디난드 공작님처럼 미치지 않아서,

제가 행한 봉사를 기억해 줄 당신과 같은

훌륭한 분을 만날 수 있을까 해서 왔지요.

추기경. 네놈을 토막을 내 죽게 할 것이다.

보솔라. 당신이 쉽게 제거할 수 없는 생명에 대해

그런 약속을 하지 마시오.

추기경. 누가 널 여기로 불렀느냐?

보솔라. 그녀가 원한 욕정이지요.

추기경.   좋아,
이제 넌 내가 너의 살인에 공범이라는 걸 알게 되었군.

보솔라. 만약 당신이 엄청난 배신을 꾀하는 일을 꾸미고,
일이 끝났을 때, 그 일을 행한 하수인들을 죽여
자신이 연루된 사실을 숨기는 것이 아니라면,
왜 내게 당신의 썩은 목적을 아름다운 대리석 색깔로
위장하는 겁니까?

추기경. 그만 하라. 운이 따르는 놈이군.

보솔라. 운명의 여신에게 더 오래 보살펴달라고 간청할까요?
그건 어리석은 자가 하는 짓입니다.

추기경. 너를 위해 비축해 둔 보상들이 있다.

보솔라. 그럴듯한 보상으로 이끄는 방법들은 많이 있지요.
그리고 그것들 중 일부는 더러운 것들이지요.

추기경. 너의 우울증은 악마에게나
던져버려라. 불은 잘 타오르고 있다.
계속 휘저어 더 심한 연기를 만들 필요가 있겠느냐?
안토니오를 죽일 뜻이 있느냐?

보솔라. 그렇습니다.

추기경.   저 시체를 가져가라.

보솔라.   제가 곧 시체 처리
전문가가 될 것 같군요.

추기경. 이번 살인에 너를 도울 수십 명의 수행원을
너에게 허락하겠다.

보솔라.   오, 그럴 필요 없습니다.

부풀어 오른 종기에 말거머리를 붙이는 의사들은 피가 더 빨리 흐를 수 있도록 그들의 꼬리를 자르지요. 피를 흘리러 갈 때에는 수행원은 원치 않습니다. 교수대로 향할 확률이 더욱 커지니까요.

추기경. 자정 이후에 내게 와서 저 시체를 그녀의 거처로 옮기는 걸 도와다오. 난 그녀가 전염병으로 죽었다고 발표할 것이다. 그래야 그녀의 죽음을 덜 문제 삼을 테니까.

보솔라. 그녀의 남편 카스트루치오는 어디 있습니까?

추기경. 그는 안토니오의 성을 차지하러 나폴리로 떠났다.

보솔라. 정말이지, 잘 하셨군요.

추기경. 오는 걸 잊지 말게. 내 거처의 모든 열쇠가
여기 있다. 그걸 보면 내가 널 얼마나 신뢰하는지
알 수 있을 것이다.

보솔라.   준비하고 있겠습니다.

                                        (추기경 퇴장)

오 불쌍한 안토니오, 동정심만큼 당신에게 필요한
것이 없지만, 그것만큼 위험한 것도 없소!
난 내 발걸음을 조심해야만 하오. 그렇게 미끄러운
얼음판에서는 큰 징을 박은 장화가 필요한 거요.
그렇지 않으면 목을 부러뜨릴 지도 모르지요.
선례가 여기 내 앞에 있소. 이 자는 얼마나 잔인한
일을 하려고 하는가! 두려움도 없는 것 같아!
나쁠 거 없지.
어떤 자들은 안전을 지옥의 변두리, 단지 중간을
가로막는 죽은 벽이라고 부르지. 좋아, 선한 안토니오,

당신을 찾아내겠소. 그리고 나의 모든 관심은
이 참으로 잔인한 개들의 손아귀에서 당신을 안전하게
구해내는 것이 될 것이오. 그리고 당신의 정당한 복수에
동참하겠소. 가장 약한 팔도 정의의 칼로 내려치는 데에는
부족함이 없지. 공작부인이 아직도 내게 나타나는 것
같구나. 저기, 저기를 봐!
이건 단지 나의 우울증에 불과해.
오, 참회여, 오직 구원을 위해 사람들을 절망으로 이끄는
그대의 잔을 맛보게 해다오!   (퇴장)

<제 3 장>

(안토니오와 델리오 등장)
[공작부인의 무덤에서 들려오는 메아리가 있다]

델리오. 저기 추기경의 창문이 있네. 이 요새는
고대 사원의 폐허 위에 세워진 걸세.
강물 저쪽 편에 수도원의 일부인 벽이
하나 있는데, 내 생각에는 자네가 들어본 중에
최고의 메아리를 만들어 내지. 너무 공허하고
너무 불길한 예감을 불러일으킬 뿐 아니라,
우리의 말을 너무 분명하게 울려주기 때문에,
많은 사람들은 귀신이 응답한다고 생각해
왔다네.

안토니오.   난 이런 오래된 폐허를 좋아하네.
그 위로 걸어본 적은 없지만, 우린 유서 깊은
역사적 현장에 우리의 발을 들어놓은 걸세.
그리고 의심할 여지없이, 지금은 세찬 비바람에
그대로 노출되어 많이 허물어졌지만 이
트인 안뜰에서 교회를 너무 사랑해서 교회에
많은 것을 바쳤던 사람들이 묻혀 있고,
그들은 교회가 최후의 심판 날까지 자신들의
뼈를 덮어줄 것이라고 생각했지. 하지만 모든 건

끝이 있는 법일세. 사람들처럼 병에 걸려있는

교회와 도시는 우리와 같은 죽음을 겪어야 해.

메아리.   *우리와 같은 죽음을 겪어야 해.*

델리오. 지금 메아리가 자네 말을 따라했네.

안토니오.   신음소리를 낸 것 같은데.

정말 죽은 자의 목소리로.

메아리.   *죽은 자의 목소리로*

델리오. 대단한 메아리라고 내가 말했잖아. 자넨 그걸 사냥꾼,

혹은 송골매, 음악가로 만들 수도 있네.

아니면 슬픔을 품은 존재로.

메아리.   *슬픔을 품은 존재로*

안토니오. 그래, 맞아. 그게 가장 잘 어울리는군.

메아리.   *그게 가장 잘 어울리는군*

안토니오. 많이 닮았군 그래, 내 아내의 목소리와.

메아리.   *아, 내 아내의 목소리*

델리오. 자, 벽에서 좀 멀리 걸어가세.

난 자네가 오늘 밤 추기경의 거처에 가지 않았으면 하네.

가지 말게.

메아리.   *가지 말게.*

델리오. 슬픔을 달래는 데에는 인간의 지혜보다 시간이

약이라네. 좀더 기다려보게. 자네의 안전을 조심하게.

메아리. *자네의 안전을 조심하게*

안토니오.   나도 어쩔 수가 없네.

자네 삶의 순간들을 자세히 살펴보게.

불가능하다는 걸 알게 될 걸세.

	운명을 피하는 것이.
메아리.	*오, 운명을 피하세요*
델리오.	헉! 죽은 벽돌들이 자넬 동정해서
	충고를 하는 것 같군.
안토니오.	메아리여, 난 그대와 말하지 않겠다.
	넌 죽은 존재이니까.
메아리.	*넌 죽은 존재이니까*
안토니오.	나의 공작부인은 지금 잠들어 있어.
	그녀의 어린 자식들도 달콤하게 잠들어 있기를 바라네.
	오 하나님, 그녀를 다시는 보지 못할까요?
메아리.	*그녀를 다시는 보지 못한다*
안토니오.	난 저것 외에는 메아리의 울림을 주목하지 않았네.
	그런데 갑자기 한 줄기 밝은 빛이 내게 슬픔에
	싸인 얼굴을 보여주었네.
델리오.	그건 자네의 환상에 불과하네.
안토니오.	자, 이 열병에서 벗어나야겠네.
	이렇게 사는 건 정말 사는 게 아니기 때문일세.
	이건 삶을 조롱하고 학대하는 걸세.
	이제부터는 어중간하게 나 자신을 구하지 않을 걸세.
	모든 것을 잃거나 아니면 그 반대일세.
델리오.	*자네의 미덕이 자넬 구하기를!*
	자네 맏아들을 데려오겠네. 그리고 자넬 돕겠네.
	그렇게 어여쁜 아이를 통해 드러난 자신의 혈육을
	보면 그가 좀더 동정심을 일으킬 수도 있을 테니
	말일세.

안토니오.　　　　어쨌거나, 잘 있게.

우리의 불행에는 운명의 여신이 한 몫 하지만,

우리가 겪는 고통은 그녀와 관계없네.

고통의 경멸, 그건 우리 자신의 몫일세.　　　(퇴장)

<제 4 장>

(추기경, 페스카라, 말라테스테, 로더리고, 그리고 그리솔란 등장)

추기경. 오늘 밤은 아픈 공작님을 지키지 않아도 됩니다.
　　　　공작께서는 많이 좋아지셨소.
말라테스테. 추기경님, 저희가 지키겠습니다.
추기경. 　　　　　　　　　　오, 절대 안 되지.
　　　　소음과 그의 눈에 비치는 물건의 변화는 그를
　　　　더욱 혼란스럽게 한다오. 제발 모두 침실로 가시오.
　　　　그리고 공작이 심한 발작을 일으키는 소리를 듣더라도
　　　　일어나지 마시오. 부탁이오.
페스카라. 알겠습니다. 그렇게 하지요.
추기경. 　　　　　　　　　　아니, 여러분의 명예를 걸고
　　　　약속을 받아야만 하겠소. 공작으로부터 그렇게 해달라는
　　　　요구를 받았으니까. 그는 제정신으로 원하는 것 같았소.
페스카라. 어려운 일도 아니니 명예를 걸고 약속하지요.
추기경. 여러분의 하인들도 안 되오.
말라테스테. 　　　　　　　　알겠습니다.
추기경. 여러분의 약속을 시험해 볼 수도 있소.
　　　　공작께서 잠이 들면, 내가 일어나 그의 미치광이 짓을
　　　　가짜로 흉내 내어 도와달라고 외치고, 내 자신이
　　　　위험에 처한 것처럼 할 것이오.

말라테스테.   추기경님의 목이 잘리더라도
　　　추기경님께 가지 않겠습니다. 분명히 맹세했습니다.

추기경. 고맙소.   (물러간다)

그리솔란. 오늘 밤은 폭풍이 심하게 불었어요.

로더리고. 퍼디난드 공작의 방이 버드나무 가지처럼 흔들렸어요.

말라테스테. 자기 자식을 흔들어주는 것은 악마가 지닌 순전한
　　　친절함입니다.   (추기경을 제외하고 모두 퇴장)

추기경. 이 자들이 내 아우 주변에 가까이
　　　오지 못하게 하는 이유는 자정에
　　　아무도 모르게 줄리아의 시체를
　　　그녀의 거처에 옮겨놓으려는 거지.
　　　오, 양심의 가책이여!
　　　지금 기도를 하고 싶어도 기도에 대한 확신 때문에
　　　악마가 내 심장을 빼앗아 버린다.
　　　이 시간쯤에 보솔라에게 시체를 가져오라고
　　　지시했다. 이 일이 끝나면
　　　그는 죽는다.   (퇴장)
　　　　　　(보솔라 등장)

보솔라. 흠? 추기경의 목소리였어. 그가 내 이름과 내 죽음을
　　　말하는 소리를 들었어. 잠깐, 발걸음 소리가 들리는군.
　　　　　　(퍼디난드 등장)

퍼디난드. 교살은 매우 조용히 죽이는 거지.

보솔라. (방백) 글쎄 그렇다면, 몸조심을 해야 될 것 같군.

퍼디난드. 뭐라고 말하는 거지? 조용히 속삭여 봐. 너도 동의하느냐? 그러니까 캄캄한 데서 처리해야 돼. 추기경은 천 파운드를 주더라도 의사에게 그걸 보여주지 않을 거야.　(퇴장)

보솔라. 날 죽일 음모로군. 살인자의 최후가 여기에 있다.

우리에겐 사막도 기독교인의 숨결도 중요치 않아.

은밀한 행위는 죽음으로 치유되어야 한다는 걸 알거든.

(안토니오와 하인 등장)

하인. 여기서 기다리세요. 그리고 제 말을 믿으세요.

덮개로 가린 호롱불을 가져다 드리겠습니다.　(퇴장)

안토니오. (혼잣말로) 그를 기도로 이끌 수만 있다면,

용서의 희망이 있을 텐데.

보솔라.　　　　　　　　　　내 칼을 받고 죽어라!

　　　　　　　　　　　　(안토니오를 찌른다)

한가롭게 기도할 시간을 주지는 않겠다.

안토니오. 오, 끝장이다! 당신은 오랜 탄원을 한 순간에

끝내 버렸소.

보솔라.　　　　　　당신은 누구요?

안토니오.　　　　　　　　　내 모습을 드러낸다면

오직 죽어서나 당신의 호의를 얻을 수 있는

참으로 불쌍한 존재지요.

(하인이 호롱불을 가지고 등장)

하인.　　　　　　　　어디 계십니까?

안토니오. 영원한 안식처 가까이 있소. 보솔라!

하인.   오, 이럴 수가!

보솔라. (하인에게) 불쌍해도 소리내지 마라. 그렇지 않으면
         너도 죽는다. 안토니오!
         내 생명보다도 먼저 구하려고 했던 사람 아닌가!
         우린 신들이 원하는 대로 치고 받는 운명의
         장난감에 불과하구나. 오 선한 안토니오,
         죽어가는 당신 귀에 당신의 심장을 빨리 멈추게
         해 줄 얘기를 들려주겠소. 당신의 아름다운 공작부인과
         사랑스런 두 아이들은,

안토니오.   그들의 이름을 들으니
         내 안에 작은 생명의 불꽃이 일어나는구나.

보솔라. 살해당했소!

안토니오.   어떤 사람들은 슬픈 소식을 들으면
         죽기를 원했지만, 난 슬픔 속에 죽게 되는 것이
         기쁘오. 이제 난 내 상처의 통증이 완화되거나, 치유되는
         것을 바라지 않을 것이오. 내 생명을 연장할 이유가
         없기 때문이오. 성공을 추구할 때 우리 모두는,
         재미에만 관심이 있는 개구쟁이 소년들처럼,
         공중으로 날아 올라가버린 거품을 쫓지요.
         삶의 즐거움이라는 것이 무엇인가?
         학질에 걸려 단지 휴식을 꿈꾸며
         고통을 견뎌내는 시간들에 불과한 것이오.
         내 죽음에 관한 이야기는 알리지 마시오.
         다만 델리오에게 안부를 전해 주시오.

보솔라. 터져버려라, 심장이여!

안토니오.   그리고 내 아들을 공작의 궁정에서 피신시켜주시오.

(죽는다)

보솔라. 넌 안토니오를 좋아했던 것 같군?

하인.   제가 그 분을 추기경님과

화해하게 하기 위해서 이곳으로 모셔왔습니다.

보솔라. 내가 묻는 것은 그것이 아니다.

목숨을 소중히 여긴다면, 그를 업고

줄리아 부인이 기거하던 곳으로

옮겨라. 오, 운명의 시간이 빠르게 다가오는군!

추기경은 이미 용광로 속에 넣어두었으니,

이제 망치로 때릴 시간이다. 오, 무서운 음모!

난 비천한 자들과 마찬가지로 명예로운 자들도

흉내 내지 않을 것이다. 내 스스로 본보기가 될 것이다.

어서 가라, 어서 가. 네가 나르는 것에 대해서

발설하지 않도록 조심하여라.

(하인이 안토니오의 시체를 들고 퇴장)

<제 5 장>

(추기경이 책을 한 권 들고 등장)[92]

추기경. 지옥에 대한 문제 때문에 혼란스럽군.

지옥에는 하나의 실제적인 불이 있지만,

모든 사람들을 똑같이 태우지는 않는다는 거야.

그만 생각하자. 죄의식이란 얼마나 짜증스런 것인가!

정원에 있는 물고기 연못을 들여다 볼 때면,

갈퀴로 무장한 어떤 것이 나를 치려는 것처럼

보이거든.

(보솔라와 안토니오의 시체를 멘 하인 등장)

아니, 지금 온 것이냐?

송장처럼 무서운 얼굴이구나.

네 얼굴에 어떤 두려움과 함께

중대한 결심이 나타나 있다.

보솔라.   그래서 이렇게 행동을 보이는 거요.

나리를 죽이러 왔소.

추기경.   하? 도와다오! 호위병!

보솔라. 나리는 속았소.

그들에겐 당신의 외침소리가 들리지 않소.

---

92) 전통적으로 무대에서 등장인물의 우울함이나 사색적 태도를 표현하기
   위해서 사용되어온 방식이다. 『햄릿』에서도 주인공 햄릿이 우울한 사
   색에 잠겨 있을 때 책을 들고 등장한다.

추기경.   잠깐 기다려라. 내가 총수입을
         너와 나누어 갖겠다.

보솔라.   당신의 간청과 제의는 둘 다
         시기가 좋지 않군요.

추기경.   보초를 깨워라!
         배신이다!

보솔라.   도망갈 길은 없소.
         줄리아의 방으로 도망하는 건 내버려 두겠소.
         하지만 그 이상은 안 되지.

추기경.   도와다오! 배신이다!
         (위쪽에서 페스카라, 말라테스테, 로더리고, 그리고
         그리솔란 등장)

말라테스테.   들어보시오.

추기경.   날 구해주면 공국을 주겠소!

로더리고.   쳇, 거짓말하시는군!

말라테스테. 음, 저건 추기경이 아니오.

로더리고.   아니, 추기경이 맞소.
         하지만 그가 목매달아 죽는 걸 본다 하더라도 그에게 내
         려가지는 않겠소.

추기경.   날 해치려는 음모가 있소. 난 공격당하고 있단 말이오!
         누가 구해주지 않으면 난 끝장이오!

그리솔란.   잘도 연기하시는군.
         하지만 내 명예를 버리고 비웃음 당하지는 않을 것이오.

추기경.   내 목에 칼이 닿아 있소!

로더리고.   그렇다면 그렇게 크게 고함치진 못하겠죠.

말라테스테.　　자. 자.

　　　　　잠이나 잡시다. 우리에게 이렇게 하라고 미리 말했잖소.

페스카라.　추기경님은 우리가 나오지 않기를 바라셨소. 하지만

　　　　　목소리의 어조가 농담 같지는 않소.

　　　　　어쨌든 난 그분에게 내려가서 도구로

　　　　　문을 열어보겠소.

로더리고.　　　　　　떨어져서 그를 따라가 봅시다.

　　　　　그리고 추기경이 어떻게 그를 비웃는지 봅시다.

　　　　　(위에서 말라테스테, 로더리고, 그리고 그리솔란 퇴장)

보솔라.　네 차례가 먼저다.　　　　　　　(하인을 죽인다)

　　　　　구하러 오는 자들에게 문을 열어주어서는

　　　　　안 되기 때문이지.

추기경.　무슨 이유로 날 죽이려는 거냐?

보솔라.　　　　　　　　　　저길 보시오.

추기경.　안토니오!

보솔라.　　　　실수로 내 손에 죽었지.

　　　　　간단히 기도를 끝내시오. 당신이 공작부인을 죽였을 때,

　　　　　당신은 정의의 여신에게서 공평한 저울을 빼앗고

　　　　　칼 밖에는 그녀에게 남겨두지 않았소.

추기경.　　　　　　　　　　오, 살려주게!

보솔라.　나으리의 위대함도 그저 외양뿐인 것 같소.

　　　　　재난이 타락시키는 것보다 더 빨리 스스로 타락하니

　　　　　말이오. 더 이상 시간 낭비 하지 않겠소. 자!

　　　　　　　　　　　　　(추기경을 찌른다)

추기경.　날 찔렀어.

보술라.　　　　　　　다시 한번!　　　(다시 한번 칼로 찌른다)

추기경.　　　　　　　　아무런 저항도 못하고 새끼 토끼처럼
죽어야 하는가? 도와다오, 도와줘, 도와줘!
난 살해당했다!

　　　　　　(퍼디난드 등장)

퍼디난드.　비상경보다! 내게 튼튼한 말을 가져오라.
선봉 부대를 다시 모아라. 그렇지 않으면 오늘은 패전이다.
항복해라, 항복해! 네게 군인답게 항복할 기회를 주겠다.
내 칼을 휘둘러 주마. 항복하겠느냐?

추기경.　살려다오. 난 네 형이다.

퍼디난드.　　　　　　　악마 놈아!
내 형은 너의 상대편에서 싸운다.
네 몸값은 없다.

　　　　　　(추기경에게 상처를 입히고, 난투를 벌여
　　　　　　보솔라에게 치명상을 입힌다)

추기경.　　　　　　　오 정의의 여신이여!
이전 사람들이 겪었던 고통을 내가 지금 겪는구나.
슬픔은 죄악이 낳는 첫째 아이이지.

퍼디난드.　이제 너희들은 용감한 용사들이다. 시저의 운명은
폼페이의 운명보다 더 힘들었지. 시저는 성공의 품에 안겨 죽었고,
폼페이는 치욕의 발 앞에서 죽었거든. 너희 둘은 전쟁터에서 죽었
다. 고통은 아무 것도 아니야. 고통은 흔히 더 큰 걱정이 생기면
사라지지. 이를 뽑으려고 다가오는 의사를 보면 치통이 사라지듯이
말이야. 너희들이 알아야 할 인생철학이다.

보술라.　이제 내 복수가 끝나는구나.　　　(퍼디난드를 죽인다)

　　　　　　　　　　　죽어라, 날 파멸시킨

　　　장본인! 내 인생의 마지막 순간이 내게 최고의

　　　봉사를 했구나.

퍼디난드. 내게 젖은 건초를 다오. 난 폐기종에 걸렸어.

　　　난 이 세상을 개집에 불과하다고 생각한다.

　　　난 명예를 뛰어넘고, 죽음 너머에서 진정한

　　　기쁨을 찾으리라.

보솔라. 　　　　　　　이제 제 정신이 드는 모양이군.

　　　이제 그는 거의 밑바닥까지 와 있어.

퍼디난드. 내 여동생! 오, 내 여동생! 그게 원인이야.

　　　우리가 야망, 혈통, 또 욕정 때문에 파멸한다 하더라도,

　　　다이아몬드처럼,93) 우리 자신의 육체로 잘려진 것이다.

　　　　　　　　　　　　　　　　　　　(죽는다)

추기경. 너도 대가를 치러야 할 것이다.

보솔라. 물론이오. 난 내 지친 영혼을 이빨로 물고 있소.

　　　내 영혼은 날 떠날 준비가 되어 있지. 넓고 광대한

　　　토대 위에 세워진 거대한 피라미드처럼 서 있던

　　　당신이 아무 것도 아닌 작은 점과 같은 존재로

　　　끝나는 것을 보니 기쁘군.

　　　(페스카라, 말라테스테, 로더리고, 그리고 그리솔란 등장)

페스카라. 어떻게 된 겁니까, 추기경님?

말라테스테. 　　　　　　　　　오, 이런 슬픈 일이!

로더리고. 　　　이게 어찌된 일이죠?

보솔라. 복수요, 아라곤 형제들에 의해 살해당한

─────────────

93) 다이아몬드를 자를 수 있는 것은 다이아몬드이다.

말피 공작부인을 위한, 또한 내 손에 의해 살해당한
안토니오를 위한, 또한 이 자에 의해 독살당한
줄리아를 위한, 그리고 마지막으로
내 자신의 선한 본성을 거역하여 행했지만
결국 무시당한 모든 행위의 주연배우였던
나 자신을 위한 복수요.

페스카라. (추기경에게)　　　　어떠십니까, 추기경님?

추기경.　　　　　　　　　　　　내 동생을 주의하시오.
여기 이 골풀 속에서 우리가 다투고 있을 때, 그가 우리에게
큰 상처를 입혔소. 그리고 이제 제발 날 눕혀주고,
결코 기억하지 말아주시오.　　　　　　　　　(죽는다)

페스카라. 자신을 구해주는 것을 끝내 죽을 때까지
거부하고 있군요.

말라테스테. (보솔라에게) 이 잔인한 놈,
안토니오는 어떻게 죽게 되었느냐?

보솔라. 어떻게 된 건지 잘 모르겠지만, 안개 때문이었던 것 같소.
연극에서 그런 실수를 종종 본 적이 있지요.
오, 난 죽은 목숨이오.
우린 파멸하여 메아리조차 없는 생명 없는 벽이나
지하 감옥과 같은 존재들이오. 잘 있으시오.
고통스럽지만, 이렇게 멋지게 싸우고 죽는 것은
내게 해가 되지는 않소. 오, 이 우울한 세상!
이런 그늘지고 어두운 깊은 구덩이에서 얼마나
사내답지 못하고 겁 많은 인간들이 살고 있는가!
훌륭한 자들은 결코 죽음을 두려워하지 않고

정당한 일을 부끄러워하지 않기를 바라오.

난 또 다른 여행을 떠나야겠소.　　　　　(죽는다)

페스카라.　내가 궁정에 왔을 때, 고결한 델리오는 안토니오가

이곳에 있다고 말해 주었고, 그의 아들이자 상속자인

예쁜 신사를 내게 보여주었소.

(델리오가 안토니오의 아들을 데리고 등장)

말라테스테.　오, 너무 늦게 오셨군요!

델리오.　　　　　　　　　저도 얘기를 듣고,

오기 전에 마음의 준비를 했습니다. 이 위대한 몰락을

헛되이 하지 말고, 이 젊고 전도양양한 신사에게

어머니의 권리를 되찾을 수 있도록 우리 모두의 힘을

모읍시다. 이 불쌍한 저명한 분들은 우리가 눈 속에

쓰러지면 자국을 남기듯이 이름을 남기게 합시다.

태양이 비추자마자 그 형태도 실체도 영원히

녹아버리겠지요. 자연은 기꺼이 위대한 자들을 통해

진실을 드러낼 때가 가장 훌륭하다고 전 항상

생각해 왔습니다.

정직한 삶은 명성의 가장 친한 친구이지요.

그것은 죽음을 뛰어넘어 고결하게 최후에 왕관을 씌워줍

니다. (모두 퇴장)

대단원의 막

· 역자 ·

강석주

· 약 력 ·

서강대학교 영문학과를 졸업하고 영국 케임브리지 대학에서 셰익스피어 세미나 과정을 수료하였으며, 서강대학교 대학원에서 영문학 박사학위(셰익스피어 전공)를 받았다. 현재 국립목포대학교에 교수로 재직하고 있다.

· 주요논저 ·

저서로는 『셰익스피어의 문학세계』, 『무대 위의 삶, 사랑, 그리고 죽음』, 『셰익스피어 연극사전』(공저) 등이 있고, 역서로 『탬벌레인 대왕, 몰타의 유대인, 파우스투스 박사』, 『볼포네』(공역) 등이 있으며, "셰익스피어와 르네상스 광기 담론"을 포함한 다수의 논문이 있다.

임성균

· 약 력 ·

서강대학교 영문학과를 졸업하고 캐나다 사이몬프레이져 대학에서 석사학위를 받았으며, 미국 루이지아나 대학에서 영문학 박사학위를 받았다. 현재 숙명대학교 영문학부 교수로 재직중이다.

· 주요논저 ·

저서로 『밀턴의 이해』(공저), 『영국르네상스 드라마의 세계』(공저), 『셰익스피어 연극사전』(공저), 역서로 『선녀 여왕 1권』, 『영문학과 글쓰기』(공역), 『볼포네』(공역)가 있으며, 대표논문 "'Thy Temperance Invincible': Humanism in Book II of The Faerie Queene and Paradise Regained"를 비롯한 다수의 논문이 있다.

말피 공작부인

• 초판 인쇄	2006년 5월 20일
• 초판 발행	2006년 5월 20일
• 지 은 이	강석주 · 임성균
• 펴 낸 이	채종준
• 펴 낸 곳	한국학술정보㈜
	경기도 파주시 교하읍 문발리 526-2
	파주출판문화정보산업단지
	전화 031) 908-3181(대표) · 팩스 031) 908-3189
	홈페이지 http://www.kstudy.com
	e-mail(e-Book사업부) ebook@kstudy.com
• 등 록	제일산-115호(2000. 6. 19)
• 가 격	13,000원

ISBN   89-534-5020-9 93840 (Paper Book)
        89-534-5021-7 98840 (e-Book)